H A N M E N G L I U N I A N

DREAM×TIME

酣梦流年

一心 著

天津出版传媒集团
天津人民出版社

Contents /

目 录

岁月了无痕，当你从中穿过时，轻易感受不到她的存在的，而在南方的一座小城，就有那么一个生命表现得尤为明显。

Chapter 1

/

冬日温情

常听人说，岁月了无痕，当你从中穿过时，轻易感受不到她的存在的，而在南方的一座小城，就有那么一个生命表现得尤为明显。她走过岁月，回首过往，却只发现过去空空如也。是岁月没有在她的生命中留下痕迹，还是她忘了，都不知道，只知道她的人生虽不长，故事却不短。

彭城是南方的一座小城，一座很小很小的城。闲时人们常品茗，悠游深山古巷；忙时日出而作，日落而息。即便是现代化的气息早已渗透进这座古老的城，而人们的生活，仍是千百年来不变的平淡与宁静。这里鲜少有什么大事件，平平凡凡的人们，普普通通的一生，这便是大多数人的岁月。

陈老师是彭城一中的数学老师，今年教高一，是高一（7）班的班主任。她是一个很好的老师，平时很爱笑，每次笑的时候总露出一口大白牙，同学们都很喜欢她，觉得她平易近人。当然，她对大家也是好的，上课时兢兢业业，下课时和同学们的相处也是有说有笑，同学们有不懂的地方，她也总是悉心指导，从不乱发脾气。

这节是高一（7）班的数学课。陈老师从讲台上走了下来，敏锐的眼睛扫过班级的每位同学：“让我们请一个同学回答问题啊！”

一听要回答问题，同学们立刻正襟危坐起来，唯有陈老师笑眯眯地盯着大家。倏地，她收起了满脸的笑容，表情严肃而又认真。只见她捋了捋衣袖，用手指了指第四排的女生，又一改方才的严肃，露出了一口大白牙：“秋子杉同学，请你回答一下‘期望’和‘方差’代表的意义是什么？”

只见，一位身穿白色衣服的女生站了起来。她身后披着一席又黑又长的头发，刚起身，头又低了下去。于是，那原本落在她肩上的秀发，便随着她颔首的姿势滑落了下来，遮住了她的半边脸，使得那原本就白皙的脸蛋显得更加惨白。

班级里，一阵沉默。过了许久，她那笨拙的嘴才蹦出了一句话："期望是一组数的加权平均，方差反映了误差大小……方差越大，误差越大。"

颤抖的音符消失了，陈老师点了点头："很好！那么秋子杉同学，现在请你上来把期望和方差公式写出来吧！"

"什么？写出来？！"秋子杉猛然一惊，望向了陈老师。她要怎么写啊？她根本就不记得公式，要怎么写出来？秋子杉的双唇忽然战栗起来，牙齿为掩饰不安撕咬着嘴唇："怎么办，怎么办？"她又望了望陈老师，别无选择。

同桌杨玥站起身让秋子杉走了出来。秋子杉抬眼看了看她，好像明白了什么，嘴角露出了一丝微笑。

一中的高一有两个成绩最好的班级，高一（7）班和高一（8）班，这两个班级的学生都是中考前一百名考进的，秋子杉的成绩在这样的班级只能算是中下游水平。由于她自幼性格孤僻，不喜说话，即便到了高中，朋友仍寥寥无几。过去的同学都知道她是个"怪人"，暗地里也常对她议论纷纷。但好在，她这人对情感是迟钝的，大家喜欢她与否，她都一概不知。进入高中后，本以为新的环境会给她带来一些改变，但没想到的是她变得越来越奇怪了，不仅疏远了仅有的朋友，更是封闭了自我，越来越不喜欢说话了。

秋子杉迈着艰难的步伐。虽说从座位到讲台只隔了四张桌子，她却走出了红军过草地般的艰难。她的双腿早已不听使唤，整个人仿若飘飘然而去。她站在黑板前，呆若木鸡，手举着粉笔却写不出一个字。

紧张的情绪在脑中蔓延，她的脑袋一片空白。时间一分一秒地流逝，紧张感也越来越强烈，脑海深处仿佛有一个声音在告诉她：写不出来就要挨打了。她的情绪变得越来越糟，眉头紧紧地锁住：不能这样，必须写出答案来，编也得编出一个来。可现实总是事与愿违，她没能创造出答案来。

“写不出来，就下去吧。”陈老师打破了僵局。

秋子杉松了一口气，过分紧绷的神经也终于松懈下来。就在她放下粉笔，刚要转身回去的时候，黑板的字却突然旋转起来，门、屋顶还有大家都在空中旋转、倒立。她的脑袋突然像石头一样重，拖着她就往地上栽去。大家惊讶地看着她，她却扶着脑袋在原地打转。蓦地，教室响起了“砰”的一声，秋子杉晕倒在了地上。

坐在前排的楚楚和陈梓樱见状，赶忙上前扶起了她，其余的人则先是愣了一下，才又赶紧围了上去。

她的嘴唇一片死白，两手无力地摊在地上，眼睛迷迷糊糊地睁着。陈老师见状，一把揪起了身边的欧阳让他背秋子杉去校医室。

欧阳与秋子杉的座位只隔了一张桌子，由于秋子杉素来孤僻，他们之间鲜有交集。大家小心翼翼地将她扶上了欧阳的背，欧阳的心里却莫名“咯噔”了一下。也许是第一次背女生，也或许是第一次近距离与秋子杉接触，总之，他的心里莫名地不安着。

校医室位于操场旁的教学楼，从班级到操场必经过一条林荫道，林荫道两旁种满了高大的水杉，据说这些树已经三十几个年头了。冬天，从树荫下穿过，凛冽的寒风“呼呼”从脸上刮过，不自觉就让人打起了寒战。秋子杉静静地倚靠在欧阳的背上，长长的秀发垂到他胸前，偶尔一阵寒风掠过，秀发轻拂过他的脸颊，让他的心不禁涌起了一股暖流，暂时忘记了冬的寒意。

一到校医室，欧阳将秋子杉放到病床上，吴斌医生便给她做起了检查。只是检查了半晌，他也没发现什么问题，百思不得其解之下，他又检查起第二遍来。只是这次，他看见秋子杉的眼珠动了一动。他愣了愣，好像明白了什么。于是，他看了眼大家，又继续检查起来。

这会儿，陈老师终于按捺不住询问起学生的病情来了。没想到，吴斌医生只皱了皱眉头说道：“没什么，我给这位同学做了检查，各项指标都很正常，除了心率过快之外没什么问题，大家不必担心。至于晕倒嘛……可能是大脑皮层受外部刺激导致的一时缺氧，过段时间就会好的，大家都先回去吧！”

听吴医生这么说，大伙儿终于松了口气，不一会儿便回去上课了。此时，下课铃响了，这节漫长的数学课总算以秋子杉的晕倒告结，她也算是逃过了一劫。

大家走后，吴医生又回到了秋子杉的病床前：“你是不是醒了？”

听到吴医生这么说，秋子杉终于坐了起来，低头“嗯”了一声。

“那你在课堂上是不是假装晕倒的？”

“不是不是！”秋子杉慌乱道，“我是真的晕倒了，我没有撒谎。课堂上是因为一时喘不过气来，所以晕倒了，我……我是在路上醒过来的。”

说完，她又害羞地低下了头。

吴医生没有继续追问，他笑了笑：“没事没事，不必紧张，我相信你说的话。我给你做了检查，心率的确比正常人快很多，紧张是一个因素，更重要的是心态要调整好，以后多注意些就会没事的！”

秋子杉没想到医生这般谅解她，她有些无地自容，又低下了头，对医生说了句“谢谢”。

医生见状，又笑了笑：“没事，勇敢点，有什么好怕的？你先在这里待着，等你觉得好了再去上课！”说完，便走了，独留她一个人在病房里。

病床上，秋子杉望着窗外的树木，深深地吸了口气。即使是四季如春的南方，也难免飘起了落叶，而本已寒凉的心，望着这随风飘落的树叶，也难抵心中的一份悲戚。但是她没有哭，她向来不懂得哭，只是呆呆地望着远方，一副若有所思的样子。过了半晌，她又叹了一口气，要回去了。

秋子杉下了床，穿上了鞋，朝校医室的大门走去。不巧，她刚出门，就撞上了高一（8）班的夏雨同学。

夏雨是个人缘极好的女生，大家总喜欢围绕在她身边。秋子杉一直以来都很羡慕她那爽朗的笑声、风趣幽默的语言，以及别人无法企及的洒脱利落。或许这就是她的魅力吧，秋子杉望尘莫及。

秋子杉勉强笑了笑，当夏雨正要同她打招呼时，她却低着头先走了。而让夏雨印象最深的还是她那浅浅的笑，那样的笑她还是第一次见到：淡淡的微笑，隐藏着一股看不透的哀愁；一双明亮的大眼睛，明明是在表示友好，却又拒人于千里之外。惹得夏雨不禁叹道：“又是一个孤独之人啊！”

Chapter 2 / 第一个“朋友”

一个是夏日玫瑰，一个是极地冰花。即使平凡渺小，也要尽力绽放，活出自己的样子。

放学的铃声响了，半天的课已过去，同学们都陆续回了家，班级里，所剩无几。

中午十二点半，教学楼人去楼空，秋子杉慢悠悠地从教室里晃荡出来，身后却突然窜出了一个声音，把她吓了一跳。她忽地一转身：原来是夏雨！她松了口气。

夏雨朝她笑了笑，眼里泛着光，“可以和你一起回去吗？”那样富有热情的双眼、爽朗的微笑是秋子杉在自己脸上看不到的，面对这样热情的邀请，她无法抗拒，“嗯”了一声。

“你好像不太开心哦，有什么心事吗？”

“哦，没有啊！”她习惯性地否认。

空气凝固了，由于这个孤僻之人缺乏与人交往的经验，她没再把话题抛出来，谈话中止了。过了半晌，夏雨才又重拾了微笑，继续道：“我觉得你很漂亮耶，我们可以做朋友吗？”

做朋友？秋子杉瞪大了眼睛，“啊”了一声。她有些惊讶，因为这是第一次有人夸她漂亮，还要和她做朋友，她有些受宠若惊。待她反应过来，才急忙冲她点了点头，接受了！其实，她并不抗拒结交朋友。

“真的啊？”夏雨笑靥如花。

秋子杉点了点头，露出了标准的八颗牙。

“朋友之间都是挽着手走路的哦！”说完，夏雨伸出手牵着她，“上午，你们班的数学课是不是出什么事了？我好像看到欧阳背你出去了呢。”

“哦……”秋子杉的脸上泛起了红晕，她低下了头，“今天数学课，我不是晕倒了吗？然后他就背我去校医室了。”

“原来是这样啊！那你有没有事？”

秋子杉冲她笑了笑，“什么事也没有。”很少有人这样关心她。

“我今天去校医室时，听医生说你故意不醒来，又是怎么回事啊？”

秋子杉愣住了，没想到夏雨会这么问，她担心夏雨误会，便忽然激动起来：“我不是故意不醒来，我只是不敢醒来而已。而且……而且我也没有假装晕倒，我只是在去校医室的路上恢复了意识而已。”

看着秋子杉慌乱的神情，夏雨连忙安抚道：“好好！我相信你，你不要紧张。”她转移了话题，“哎，对了！你最喜欢什么花？玫瑰？百合？女生应该都会有自己喜欢的花吧！”

“嗯……”她思索了半天，“我应该……最喜欢满天星吧！”

“满天星？哦哦，满天星可有些悲伤哦！她的花语可是甘当配角！”

没想到，秋子杉浅浅地笑道：“我喜欢她，是因为她的素雅，她的渺小，她最本真的模样，而不是别人给她定义的角色。”

夏雨看着秋子杉，干净的面庞，眼角一丝丝细纹。没想到她还是个有个性的女生嘞，不禁对她刮目相看起来。于是，夏雨也赞同道：“是，我们不应该活在别人的眼光里，要有自己的审美，不能一味地趋炎附势，要有主见。”

“是，就像满天星一样……”

“即使渺小，也要尽自己最大的努力绽放，活出自己的样子来。”还没等秋子杉说完，夏雨便把话抢了过去，大笑起来，而她却依旧沉着淡定，似乎什么东西都激不起她内心的波澜。她就如同一尊千年冰山，即使在热情如火的夏雨面前，能融化的也仅是冰山一角。

即便这样，也丝毫未影响夏雨的热情，她依旧慷慨激昂：“不管别人怎么说，让他们都见鬼去吧！我们只要按自己的意愿活着就好。做自己喜欢的事，说自己想说的话，看自己爱看的书，即使平凡渺小那又怎样，我也要活得个性、活得自我。”

两人又相视而笑，只是一个是夏日玫瑰，另一个是极地冰花。也许，真的是秋子杉的那句话说到夏雨心坎里了吧！她仿佛遇见了一位多年不见的老友，与她畅谈着理想与未来。

这次以后，夏雨就决定和秋子杉做朋友了。每次放学，她都会在（7）班门口等秋子杉，秋子杉似乎也适应了有朋友的感觉。毕竟，此前从没有一个人说要和她做朋友，虽然她是有朋友的，比如同班同学陆文杰、宋元、楚楚、梓樱。只是秋子杉对朋友好像没什么概念，不知道玩到什么程度才能称之为朋友，直到别人明明白白、直截了当地跟她说：“我们做朋友吧！”毕竟是一个无情之人！

Chapter 3
/
情感的升温

帅气的解围让她笑靥如花，一首简单的歌曲对唱，却加速了情感的升温。

每周五的最后一节课，是（7）、（8）班的班会。不知从何时起，两班的关系已然从一对陌生男女发展成了热恋中的情侣，成天如胶似漆、形影不离。这不这周五，两班班主任又莫名其妙地说为了促进两班友谊，要一块儿办场活动班会。

活动班会嘛，无非就是两班同学吵吵闹闹地玩游戏，输了的同学上台表演节目，并没什么新奇的地方。不过，对秋子杉来说，新奇与否并不重要。她不管你开心或不开心，只要一想到自己可能上台表演节目，便惶惶不得终日了。

不过，在恐怖的活动班会来临之前，班级里还出现了一个小插曲。地理课下课的铃声刚响，地理老师便扯开了嗓门，发飙道："宋元是哪位？班里五十三位同学作业都交了，怎么就你没交？"

地理老师是个脾气暴躁却又惹人喜爱的中年男人。他长得有些胖，个子也不高，更没有帅气的长相，但同学们就偏偏喜欢这样的他。也许是他犀利的言语中时常带着点俏皮，严厉的批评中又不乏幽默。因此，同学们常被他逗得前俯后仰地大笑，而这对于高中的同学来说是多么难得的一种乐趣啊！

地理老师的话音刚落，宋元便大声反驳道："老师，冤枉啊！我作业明明交了。"

"那科代表会冤枉你吗？"他指了指秋子杉。

没想到宋元依然理直气壮，"冤枉啊！老师，我作业真的交了。"

班级里，鸦雀无声，地理老师盯着宋元，默然不语。随之的是他懒怠的一声叹息，仿佛是在说："懒得跟你争。"地理老师又瞟了宋元一眼，然后指着科代表说："来！科代表当面点一下，让他死心。"

一听到地理老师又点到自己，秋子杉如同惊弓之鸟，颤了一颤。她慢慢地从座位走上了讲台。黑板前，老师就像个看戏人般，若无其事地喝起了茶，那副悠然自在仿佛是在说："让你死心，还死鸭子嘴硬！"

秋子杉一本一本地数着作业，小心又谨慎。一开始，她还很有把握，可越数到后面她的心越慌，心里有无数个声音都在告诉她，作业齐了。

果然如此！秋子杉咽了咽口水，同学们的作业真的都交了，是她搞错了。意识到这点，她的脸瞬间涨得通红，她知道老师一定会因为颜面扫地而责怪她的，可是她又不得不面对这一切。

她战战兢兢地转过身，低下了头，仿佛是在接受命运的制裁："老师，是我错了，作业都交了……"

时间凝固了，老师原本轻松的脸顿时僵硬起来。他愣了愣，嘴里似乎想说什么，可又看了看低着头的科代表，"吧唧"了两声又把话吞了回去。最后，只好讪讪地拿着课本，走了。

秋子杉倒抽了一口气，还好老师没有怪她。她回到座位上，本以为事情结束了，但她思前想后又觉得特别对不起宋元，毕竟是她的疏忽导致了宋元被批评。这么想着，她突然鼓起了勇气，走到宋元的座位前。

"刚刚的事对不起啊，宋元。"秋子杉满怀歉意地说道，却不敢看他。

宋元并不是斤斤计较的人，秋子杉主动认错，他自然会原谅她。不过，还没等宋元开口，秋子杉就先走了。而此时，坐在宋元前排的欧阳看着秋子杉的背影，投以赞许的目光。

地理课风波很快就被同学们抛之脑后，扭头便忙着参加活动班会去了。

活动班会的内容着实没什么，无非就是“接力棒”“木头人”这些小打小闹的游戏，重头戏还在于“中奖”之后的才艺表演。你可以唱歌，可以跳舞，也可以演奏乐器，实在不行讲冷笑话也可以。但讲冷笑话的，大多是先把自己逗乐了，听众常常呆若木鸡。在这种“优等生”荟萃的班级，同学们的才艺水平却是参差不齐。若有幸碰上几个多才多艺的，大家也算是能一饱眼福了；若是不幸碰上三五个唱歌不行、笑话也不会讲，恰巧还毫无自知之明的，这时你除了忍受，别无他法。

终于，这场非正式活动班会在主持人奇怪又严肃的开幕词后，从“接力棒”游戏开始了。“接力棒”无非是众人围坐成一个圈，传递一个球，当主持人背对着大家喊“开始”时，同学们便发了疯似的传球；当她一喊“停”，手中有球的同学便中了大奖，会被众人力邀上台表演。这时，同学们全然不顾“中奖”的是否多才多艺，他们只享受此刻的欢愉，至于后面是自己遭罪还是视听盛宴那就全凭运气了。

在上一位同学结束了他怪异的歌声后，新一轮的“接力棒”又开始了。这一次，秋子杉可没那么好运了。主持人的话音刚落，球便如飞来横祸般落在了她的手里。她顿时如热锅上的蚂蚁将这烫手山芋扔向了邻座，但这一切只是徒然，一轮游戏已结束，她成了这场游戏的终结者。同学们一阵欢呼，邀她上台，但向来惧怕人群的秋子杉，面对黑压压的人群，根本鼓不起勇气。

班级的气氛渐渐冷淡了下来，同学们开始变得不耐烦起来，面对眼前这个不识相的家伙，大家早已失去了耐心。就在此时，一个“帅气”的身影出现了，解救了她，也化解了这场尴尬。夏雨“嗖”的一下站了起来，大声说道："我跟她一起唱。"顿时，班级的热情再次被点燃，大家又重新回到了欢乐的海洋。

"我们唱什么呢，亲爱的？"

秋子杉笑靥如花，"《快点告诉你》，可以吗？"

"好啊！我们走吧！"

在夏雨的身上，总是散发着一股独特的魅力。她是女子，身上却蕴藏着男子都少有的洒脱利落。如果她想淋雨便会在雨中漫步；想唱歌就会让整栋教学楼听到她的歌声；想咆哮就会尽自己最大的努力去呐喊，真是个敢爱敢恨、敢想敢做的女子。这也难怪周围那么多人喜欢她，她的确有着一般人不曾有的勇气与胆识。

这件事之后，秋子杉和夏雨的友情也更进了一步，她们之间似乎有种患难见真情的感情在。每每想起，秋子杉这个无情之人的眼中总是充满了感动的泪水，这是值得庆幸的。

大雨滂沱的傍晚，两个打着寒战的身体依偎得更紧了一些，天寒地冻的世界里，仿佛这是仅存的一丝温暖。

Chapter 4 / 初次相处

小城的冬天是一年中最难挨的季节，不仅寒风刺骨，更有冬雨湿身。这天傍晚，天色将晚，小城又刮起了冷风，吹得树叶婆娑作响。教室里，门窗紧闭，鸦雀无声，只能隐隐约约听到笔尖在纸上“沙沙”的声响。此时，学校已下学，同学们早也离去，教室里就剩欧阳和秋子杉了。可安静没有一直持续，它时不时就被断断续续的咳嗽声打破，搅扰着另一个人的思绪。原来，秋子杉得了重感冒！

欧阳坐在位子上，时不时停下手中的笔，看一看咳嗽的秋子杉，欲说还休。直到手中的笔一个字也写不出来了，他才抬起了头结结巴巴道：“你……要不要打球？”窗外下起了冬雨。

“啊？”秋子杉转身看着欧阳，一脸的茫然。

“我是说你感冒了，要不要运动运动，这样好得快。”

“哦……好啊！”

秋子杉笑了，欧阳舒展了眉宇。

“那……那你想打什么球？”

“你说呢？”

“班上就羽毛球和乒乓球，你感冒了，打羽毛球？”

“可是班上不能打羽毛球耶，要去操场，而且现在还下雨。”

“那……打乒乓球吧，班上拼几张桌子。”

“可桌子里有其他同学的东西，弄乱了不太好吧！”

“那你想打什么球？”欧阳看着秋子杉，无奈地笑了笑，但却不讨厌。

秋子杉机灵地转动着眼珠子，作认真思考的样子，但最后她又耸了耸肩，“还是你说吧！”

欧阳笑了笑，又认真想了起来，“要不……我们用乒乓球拍打羽毛球吧？这应该在教室里就可以打了。”

“乒乓球拍打羽毛球？”秋子杉满脸疑惑，但好奇心又让她跃跃欲试起来。

虽说两人是第一次这么玩，但还是玩得不亦乐乎。乒乒乓乓，你来我往，你一言我一语的，不一会儿便打得有模有样，聊得也蛮开心。只可惜，这样的欢乐并没持续多久，就被另一个人的出现打破了。

正当两人玩得尽兴时，杨玥回班了。她一见班上就欧阳和秋子杉，两人居然还打起了球，不禁脸色一沉，“班上就你们两个了？”

欧阳轻声应了一句。

谁知杨玥竟挖苦起来：“你们两个还真有情趣啊，居然用乒乓球拍打羽毛球。”

欧阳讪讪地笑了笑说：“随便瞎玩的。”

杨玥回到了座位，拿起落在抽屉里的钥匙，瞥了秋子杉一眼便走了。

班级又重回了安静，两人突受了一场冷眼后，顿时没了刚刚的兴致。于是，秋子杉便说道：“我们也回去吧！”

欧阳点了点头，秋子杉走过去，从他手里接过了球拍。转身之际，欧阳突然鼓起了勇气，“那个……一起回去吧？”

秋子杉转过身，愣住了，“他这是在跟我说话吗？”她怀疑自己听错了，可冷静再三，她又发现他的确是在同自己讲话。“我应该怎么回答？

好的？还是没问题？但那会不会太不矜持了？”

这时，久久不见秋子杉回复的欧阳，早已心乱如麻。他的眼神四处飘移，无奈之际，突见窗外冷雨细细拍打着窗，瞬时灵光一闪：“下雨了，我没带伞……”

“啊？”秋子杉如梦初醒，“原来是这样啊？”喜悦之情顿时减半。

那晚，天黑，下了很大的雨。回家的路上，行人匆匆，两人独撑一把伞却不忍早些到家。这天，天公也作美，风刮得更紧，雨下得更急，让人不禁打起寒战，依偎得更紧了一些，以便在这天寒地冻的世界里获得一丝丝温暖。

Chapter 5
/
流言四起

挥别了平淡又匆匆的冬天，新学期，流言的乍起吹皱了一池春水。

这年的冬天平淡又匆匆，大家在繁忙的学业中不知不觉便度过了高中的第一个学期。转眼，新学期又来了。

都说新学期新气象。这不，新学期一开始，班主任就对同学们的座位进行了小规模的调整，原本坐在倒数第二排的欧阳、陆文杰突然被安排在了秋子杉、杨玥的后排，这可着实让秋子杉乐开了花。可是，新学期也有一件事让大家觉得很奇怪，同学们不知从哪儿听说秋子杉去年那次晕倒竟是她故意为之的谣言。凡事不是空穴来风。听闻此事的陆文杰，这个自诩是她“最好男性朋友”的陆文杰，便下定决心要向她问个明白。

其实，对于“最好男性朋友”这个称谓，只是陆文杰的一厢情愿罢了。这时的秋子杉性情还很冷淡，正常情感的建立对她来说还是一件困难的事，她哪里又懂得分辨谁是朋友，谁不是呢！

陆文杰平时好耍嘴皮子，也不知他是生性如此还是后天养成。可这天他却没了往日的油腔滑调，一本正经地找了秋子杉。

他坐在座位上，看着秋子杉晃晃悠悠地走进班级，在座位上坐下。他便拍了拍她的肩膀，到走廊等她去了。秋子杉旋即明白了他的意思，看了一眼欧阳，便跟着出去了。

他一开口，便有些生气了：“听说去年那次晕倒，是你故意的？”

秋子杉一脸茫然，她很诧异为什么陆文杰会问这个问题：“你听谁说的？我没事干嘛装晕倒！”对于这种莫名的指控，秋子杉知道肯定不止陆文杰一个人知道了。

“昨天，我听欧阳说的，他说他听班上女生说的。你是不是得罪谁了？”

“没有啊！我怎么可能得罪谁。”话音刚落，秋子杉脑中忽闪过一个人——夏雨。“不会是她吧？可是这件事只有她知道啊！”秋子杉小声嘟哝着，不禁踉跄了一下，哑然失色，“可……可我们是好朋友啊，她为什么要这么做？还是她从一开始接近我就是为了套我的话？”

陆文杰在她眼前晃了晃，“喂，发什么呆呢，想到谁了？”

“夏……夏雨……”秋子杉一阵瘫软，“我只能想到她了……只有她问过这个问题。可……可我不知道她为什么这么做？”

“她？”陆文杰颇感吃惊，“感觉她不是这种人啊！”

“可是除了她就没人知道这件事啦。”

“知道什么？”

“那天我醒来之后在门口遇见了她，然后中午放学她就主动过来说要跟我一起回去。她问我是不是假装晕倒，我说没有，我只是在路上恢复了意识。我已经跟她解释过啦，她没有必要这么诬陷我吧？”

陆文杰沉思起来，他觉得事情是有些蹊跷，夏雨是年级的风云人物，她为什么好端端跟秋子杉做朋友呢？毕竟在这样的班级里，秋子杉实在没什么闪光点。但他又想着她平日里的为人，故未下定论。

“先多问几个人吧！感觉她不至于这样。”

“明白！”秋子杉叹了一口气，“是不是全班都知道了？”

“好了，不要多想了，先确认一下，后面再商量吧！不行你就直接问她，你们现在关系不是挺好的吗？”

“嗯，知道了。”秋子杉又叹了口气，看来事情比她想象得更糟。现在，大家都觉得她是个骗子吧！她真是百口莫辩。

午餐过后，欧阳早早便回到了班级。一进班，他便看见秋子杉无精打采地趴在桌子上。他放下书包，便随口问了一句："吃饭了？"

秋子杉瞥了他一眼，"嗯！吃过了。你呢？"

"我也吃过了。"欧阳又凑了上去，"你……还好吧？"

一听这话，秋子杉顿时像个泄了气的气球，刚抬起的头又埋了下去："你也听说了？"

"好了，不要难过了，我相信你。"

"真的？"秋子杉睁大了眼睛，突然抬起了头。她想感谢他，感谢他相信她、安慰她。可是，她没发现他就靠在自己身后，头一抬起就用力撞上了他的脸。顿时，时间静止了，欧阳静静地贴在她的发上。

时钟"嗒嗒"，一声又一声。秋子杉微微地低下了头，欧阳慌乱地站了起来，眼神四处飘移。只见，他支支吾吾道："那个……我出去一下啊！"

秋子杉轻轻地"嗯"了一声，教室里就剩她一个了。

欧阳走后，他的模样始终浮现在秋子杉的脑海里，想到刚刚的情景，他的脸贴在她的发上，秋子杉禁不住又将脑袋埋进了双臂间，笑了。这一刻，这几天的种种不快又抛之脑后了。

Chapter 6 / 人言可畏

起风了，她冻得浑身发抖，却任由自己吹着冷风。果然，容易受伤的心总是比别人的悲伤多一点。

高中的体育课，男女生是分开上的，其中具体缘由，无人深究，只知道这是一项规定。但不管其中用意如何，这的确促进了（7）、（8）班的感情，因为每次体育课两个班的男生都是一起上课的，女生们则在另一处上课。

谣言之后的体育课，对秋子杉来说注定是不一样的。在她的心底早已把夏雨当成了犯人，无论她如何狡辩，秋子杉都一口咬定是她了。

体育课还是惯例，体育老师不管这节课的内容是什么，跑步是永恒不变的开场。而这对于缺乏运动细胞的秋子杉来说，着实苦不堪言，但为了接近夏雨，她又只好乖乖跑步去了。

夏雨与秋子杉不同，她爱跑步，跑得还快。开跑之后，秋子杉花了好些功夫才跟上她。其实，秋子杉在找夏雨之前，也曾在心里告诉过自己：要心平气和、心平气和。可是一开口，她便忘了："你为什么告诉大家我是故意晕倒的？"

"什么？"夏雨满脸愕然，"你说我跟别人说你故意晕倒？"

秋子杉怒火中烧道："是啊！难道不是你跟别人说的吗？这件事只有你我讨论过。我本以为你是个正直善良的人，真没想到你是这种人。"

"我是哪种人啊？"面对突如其来的指控，夏雨感到莫名的愤怒。她提高了分贝，"我不知道你听谁说的，但不管你信不信，我真的没有。你先冷静了再跟我说，我现在懒得理你。"说完，她便头也不回地走了。

望着夏雨渐行渐远的背影，秋子杉不禁怅然一叹，冷冷地笑了，"自己一直羡慕的人就这样？"可是下一秒，她愤怒的五官又突然哀伤起来，"是自己太傻了吧？这么轻易相信别人，别人的爱心泛滥，自己却倾心相对，可笑的是自己，有什么理由怪别人呢！”

这节体育课，老师因临时有事，早早就下了课。同学们也成群结伴回班去了，只有秋子杉一个人走在人群后，无人作陪。不知怎的，走着走着，她忽然有种想哭的冲动。她觉得自己是被遗忘的那一个，大家都不记得她！

女生们回到班级，便在走廊里玩起了乒乓球、羽毛球。一群女生聚在一起，玩得不亦乐乎。可是人群聚在一块儿，难免七嘴八舌、闲话不断，谁喜欢谁啦，谁又不喜欢谁，话题总是层出不穷。现在，她们谈论秋子杉了。

梓樱有些困惑，“你真的确定秋子杉是故意晕倒的？”

杨玥一边打着球，一边说道：“那还用说，那是我亲耳听到的。那天放学，在停车库，我碰巧遇到她和夏雨了。夏雨这么问她时，她承认了。”

“那夏雨为什么还要跟她玩得这么好？”

“是啊！”

大家七嘴八舌起来。

楚楚说道：“当时她晕倒我就在她旁边，她的脸色超级难看的，怎么可能是假装的！”

“关键人家自己都承认了，还有你们可千万别跟别人说了，我只跟你们说了。”

杨玥话音刚落，秋子杉便出现了。顿时，众人面面相觑，又专心打起球来。人们总是这样，藏不住秘密，一开始一个人知道的，往往都会沦为众人皆知。其实，秋子杉听见了她们的谈话，一群人嗓门这么大，她怎么可能没有听见。所以，经过走廊时，她狠狠地瞪了杨玥一眼，摊上这么个同桌，她也不知倒了几辈子的霉。

秋子杉面红耳赤地回到座位，原来一切都是杨玥搞的鬼，关键大家还相信了。现在，就是她有一千张嘴，大家也不会相信她了吧?

“他们现在都觉得我是骗子吧？他们都在背后议论我？”她越想越生气，越想越不甘。“总不能一直这样忍着她们吧？总不能任由杨玥胡说八道、混淆视听吧？她一定是故意的！是的，她一定是故意的！”这么想着，她不由得猛地站起了身，拍了拍桌子，一鼓作气，冲到了走廊，大声嚷道:“杨玥，你说够了没，不要在这里混淆视听！”

楚楚见状，立马上前劝道:“好了好了！不要当真，她随便说说的。”

“随便说说能让全班都知道？”

这时，杨玥也被激怒了。她扔掉了手里的球拍，趾高气扬道:“你敢说，你没说过欧阳在背你去校医室的路上就醒了这种话？”

“什么？”秋子杉脸一沉，顿时语塞，一句话也说不出来了，大家要知道她喜欢欧阳了！

班级里，女生都在议论:“原来她一直醒着啊？还让大家一直担心，她怎么这样啊？”

男生们上完体育课也回来了。班级里，大家口口相传，很快全班同学都知道了秋子杉的事。这下，她更加无地自容了。

只见，秋子杉呆呆地立在原地，脸涨得通红。欧阳回来时，秋子杉正站在走廊，望着走廊那头的欧阳，恨不得一头栽进地里，让他看不见她。可是她没有，只是把头埋得低低的，牙齿撕咬着嘴唇。

陆文杰见状，赶忙出来解围了：“好了好了，大家都散了吧！别围在这里影响交通，该干吗干吗去。”

人散了。欧阳、陆文杰缓缓朝秋子杉走去，班级里大家都伸长了脖子。他们是想安慰秋子杉的，可正要开口时，却被她一把推开，逃走了。

傍晚时分，操场上人群早已散去，春日的晚霞未在这里停留，这里暗暗漆漆。秋子杉一个人，坐在那里，满心伤痕。欧阳站在她身后，想要靠近，却又不知如何是好。欧阳深吸了一口气，秋子杉听到了他的声音，她想叫他离开，却又无力张嘴。过了许久，她才攒够了力气，说道：“你先走吧，我已经够无地自容了，我想自己待会儿！”

欧阳没走，一直陪秋子杉坐到了灯影重重的时候。现在是乍暖还寒的时节，起风了，她冻得浑身发抖，却任由自己吹着冷风。容易受伤的心总是比别人悲伤得多一点！

所幸，这次事件未再发酵了。也许是大家知道要出娄子，心有顾虑；也或许是陆文杰出面了。总之，关于秋子杉晕倒的事大家都不再明面上讲了，一切都过去了。

南方的春天阴雨不断，而对于有孤独情结的人，一场春雨、一阵秋风都能成为悲伤的理由。

Chapter 7
/
心生迷惘?

南方的春天阴雨不断，一场春雨往往能持续十天半个月，或许正是这样的天气促成了人抑郁的气质。而对于有孤独情结的人，一场春雨、一阵秋风都能成为悲伤的理由。

进入高中后，各科的课业都十分繁重，老师们更是担心同学懒散懈怠，不好好学习，于是就出了个每周小测的规矩，周一数学、周二物理、周三化学、周四生物……周周如此。秋子杉最害怕的莫过于物理、生物小测了，因为这两门小测她几乎从未及过格。

周二的生活是一周噩梦的开始，此后每天都有不同的噩梦接踵而来，周而复始，循环未断。周三，通常是物理老师讲解测试试卷的时间，五十几份试卷，他往往一夜之间就改好了。秋子杉自然是害怕物理课的，除了不敢看不及格的试卷，偶尔的意外也让她胆战心惊。

这周三的物理课，铃声一响，老师就拿着试卷进了班级，通常情况下，他是把试卷交给物理科代表分发的。可是今天他却破了例，没有把试卷交给科代表，而是顺手给了欧阳。

一见是欧阳分发试卷，秋子杉的心瞬间便扑通扑通跳了起来，她的心里有十万个不愿意，不想让他看到她这么不堪的一面。可是，他还是看见了。当欧阳把一张 45 分的卷子放到她面前时，她的脸涨得通红，浑身似有千万根针扎向她。这倒不是因为她又不及格了，而是这张卷子是欧阳给的。

像秋子杉这样的孤独患者，交流不是她的强项，可她的想象力之丰富却是不容小觑的。任何时间、任何地点，无论环境多么喧嚣、多么恶劣，都不能阻止她天马行空，更甭说是在宛若听天书的物理课上了。所以，她的成绩不如人意也不是没有道理。

今天，她依旧如常，沉迷于自己的世界，一遍又一遍地咀嚼着过往种种尴尬，但这样旁若无人的遐想并没过多久就被老师发现了。一个考试屡屡不及格的学生上课还走神，这好像惹怒了他。只见老师面无表情地盯着试卷，冷冷地说道："这个问题我们课后作业讲过，请一位同学来回答一下啊！"

一听到老师要提问，秋子杉瞬间从胡思乱想中抽离了出来，毛骨悚然起来。因为她知道，要是被提问到的话，铁定有苦果子吃了。果不其然，老师连看都没看同学们，便脱口而出"秋子杉"三个字。

虽说早有预感会是自己，但从老师口中听到自己名字时，秋子杉还是冷不丁颤抖了一下。只见，她慌乱地翻着书本，试图从中找到一丝丝线索。可惜，她站了好久，翻了好久，依然没找到她要的答案。于是，她更慌了，更急了，更加不知所措了。她想放弃了，不找了，大不了就是一顿骂。算了！就是这样吧！书本的声音消失了，她放弃了。

物理老师身材扁平，性子有些急，虽说平时很少因成绩的问题批评同学，但今天他好像真的不开心了。他见秋子杉终于忙完了、歇了，便从讲台上走了下来。教室里安静得诡异。

大家屏住呼吸，静静地看着老师从讲台上走来，走到她书桌旁。只见，老师一言不发地看着秋子杉，感觉是要把她吃了。老师看看秋子杉又看看桌上的书本，拿过书翻开了作业，瞥了一眼，便问大家："同学们，你们看她做对了吗？"

秋子杉一阵哆嗦，手情不自禁地伸了出去，她想把它拿回来，可她又知道他是老师，她不敢。这时，班级的某个角落忽传来了一个声音：“错得一塌糊涂。”说完，他又笑了。那笑声就仿佛是一把锋利的匕首，刺进了秋子杉的心脏。顿时，不争气的泪水在眼睛里打转，那颗心如同刀绞，仿佛一声安慰，她就会瞬间崩溃、泣不成声。但是，她没有哭，她不能哭，已经这么丢人现眼了，不能再让大家看笑话了。

“要是能晕过去就好了！”秋子杉突然这样渴望，她再也不想忍受这样的不堪了，她想反抗，想夺门而去，可是她又鼓不起勇气，只好像个呆子一样立在原地。

“作业都不改，这样怎么学得好？”

书被扔在了桌面上，老师又瞥了她一眼，走了。这时，身旁的杨玥却撇嘴笑了笑。秋子杉知道，其他的人一定也和她一样吧！

老师回到了讲台，余气未消。他又盯着秋子杉看了一会儿，才从口中甩出了两个字：“坐下。”

秋子杉松了口气，黑暗总算过去了。

她坐了下来，头却不敢再抬起来，浑身像长满了无数只眼睛，大家都在用异样的目光看着她，笑话她。黑暗过去了，痛苦却没有！秋子杉不愿、也不想再去想那些事了，一切都过去吧！

Chapter 8
/
心的防线

她不明白父亲为什么要用这么极端的方式去表达爱与恨，父亲的一举一动就如一把尖刀深深扎进了她的心里，她的心在淌血！

在秋子杉很小的时候，家庭便出现了裂痕，母亲在一次大吵之后便离开了家。不过，她不像其他的孩子一样，又哭又闹。她没有哭，也从来不哭。又过了两年，记忆中不知是什么时候，母亲回来了。可是，她也没有笑。她就像个局外人般，继续着从前的生活，好像一切都与她无关。

母亲没回来多久，家庭关系便再次濒临瓦解。那时，她刚上初中，父母只要在一起就是吵架，没完没了地吵。这样的关系一直持续到了秋子杉的高中时代，那时她有了知觉。由于秋父常不在家，对她更少有照顾，相反母亲嘘寒问暖，她便与母亲的关系更加亲密起来。加之，秋父素来沉默寡言，从不解释秋母的那些数落，导致父女隔阂越来越深。

正值盛夏时分，南方的天气总是燥热得让人心烦，就连窗外的蝉儿也禁不住“知了知了”埋怨起来。那晚，天空乌云密布，万里夜空不见一颗星星，唯有一轮孤独的月悬挂柳梢头。秋子杉的家里，父亲刚从外地做事回来，又像往常一样与秋母吵着闹着，吵得面红耳赤、短兵相接。

其实，他们争吵的内容无非是一方责怪另一方不关心家里，成天在外面瞎混；另一方则常常责怪对方乐于结交好友，不洁身自好。争吵的内容数年如一日，毫无新意。

他们的声音很大，很快就吵得隔壁的秋子杉无法继续学习。她放下了手中的笔，隔壁却突然传来“砰”的一声。杯子摔碎在地上！秋子杉吓了一跳，推开椅子就往父母的房间走去。

看到母亲正被父亲欺辱，秋子杉再也顾不得什么了，上前一把就推开了父亲，大声喝道：“你闹够了没，你以为你很了不起吗？你从来都没关心过我们，更没关心过这个家，凭什么在这里撒野，如果不想待了就趁早离婚！”

那晚，秋父喝了点酒，情绪很激动，一听到自己的女儿这样恼恨他，他的心里是又愤又恨。只见，秋父瞪大了双眼，声嘶力竭道：“是，都是我的错，我该死可以了吧！”他四处张望起来，好像在找些什么。忽然，他看见了地上的酒瓶，冲了过去，一把拿起就往自己的脑袋砸了下去。

鲜红的血流了出来，从他的脑袋一直沿着头发流到了脖颈，母女二人哑然失色。是！她们是恨他的不为，恨他的不关心，但她们从未想过他死啊！

“为什么会这样？为什么他要用这么极端的方式去表达爱与恨？”秋子杉不解，她困惑，她更不知如何去接受这个事实。父亲的一举一动就如一把尖刀深深扎进了她的心里，她的心在淌血！

血一滴一滴滴到地上，秋母缓过了神，上前扶住了秋父。不一会儿，邻居也过来帮忙了，他被大家扶了出去。房间里，就剩秋子杉一个了。

秋子杉呆呆地坐在地板上，望着地上那摊血，泪流不止。有时，她冷冷一笑；有时，她又咬着自己的手，不敢哭出声。所幸，秋父的伤并没什么大碍，当晚医生给他做了简单的包扎便让他回来了。回来的时候，他的眼睛是哭过了，两眼泛着血丝，一句话也没讲。

父母回房的时候，秋子杉已经不在了，地上的血也被擦净。客厅里也没有她的身影，她回自己的房里了。秋母要睡的时候，特地去看了看她，只是她没有醒来，她睡了。

生命里，不仅有使人觉醒的力量，还有沉睡的魔咒。对于内向的人，酣然入梦是他们解救自己的方式。

Chapter 9 / 酣然入梦

（一）

夜晚，微弱的月光透过玻璃窗落在床头，远处的乌云似有若无，仿佛给月亮蒙上了一层纱。秋子杉两眼怔怔，泪水模糊了月光，她看不见那光明。她知道她错了，“为什么自己一件事也做不好？学习差，人缘差，脾气更差。为什么？为什么会这样？这样一无是处，这样犯错、犯罪……也许，也许我才是最没脸活在这个世上的人吧……”

那晚，秋子杉彻夜未眠。她呆呆地躺在床上，流着泪。后来，恍惚中是睡了，一睁眼，闹钟又响了，她该准备去上课了。

清晨，还不到六点，秋子杉就起床了。厨房里，秋母在为她准备早餐，秋子杉在客厅坐了一会儿，听着锅里的水“嘶嘶”作响，没有和母亲说话。

秋母从厨房走了出来，看着女儿傻傻地在发呆，便催促她赶紧洗漱去。秋子杉懒懒地应了一声，才往卫生间走了去。

秋子杉是个努力的孩子，学习刻苦认真，从小便是大人们口中的好学生。但他们不知道的是，她也是个迷茫的孩子，只知道努力，却不知为何努力。毕竟，生命缺少知觉的人，岂会思考过人生。她就像个无帆的小船，在生命的河流里随波逐流，任人左摆右弄。大人们希望她读书、考试，然后考上一所好的大学。她听之任之，反正周围的人都一样，自己成绩也还行。

吃完早饭，秋子杉就骑着自行车上课去了。今天是星期一，第一节是班主任的课。数学课她向来是认真听的，虽说难免战战兢兢，但成绩还是理想的。

只是，今天的数学课秋子杉有些不一样。也许是昨晚睡得少，眼皮重，刚上课不久她便闭起了眼睛，睡了。待陈老师发现时，秋子杉已枕着双臂酣然入梦了。

陈老师见状，脸上自是不悦，绷着脸便让杨玥叫她起来。杨玥不情不愿地推了推秋子杉，但她没动；于是，杨玥又不耐烦地推了推她，秋子杉还是没反应，只是安静地趴着，如同黑夜一般。

“是不是生病了？”陈老师忽地紧张起来，撂下课本，疾步向她走去。

陈老师摸了摸秋子杉的额头，没有发烧啊！陈老师松了口气，问了问杨玥：“她是不是身体不舒服？”

“好像没有吧，今天看她挺正常的！”

陈老师又看了看杨玥，好像明白了什么，于是指了指欧阳和陆文杰，“你们觉得呢？”

“好像是不大舒服！”

“可是……也不太像生病的样子啊……”陈老师又瞅了瞅秋子杉，还是放心不下。“这样吧！”她指着欧阳说，“还是背她去一趟校医室吧！”

话音刚落，陆文杰便抢着说道：“我也去吧！”

陈老师又瞥了一眼陆文杰，想了一想还是答应了：“也好，有什么事赶紧过来通知！”

欧阳背着秋子杉去校医室了。这是他第二次背她，第一次还是去年冬天。那时的他，还隐约能听到她的呼吸声。可今天，秋子杉却一点声响也没有，就如同黑夜一般沉静没落。欧阳时不时地侧过头，用眼角的余光看看秋子杉，想看看调皮的她是不是又醒了，可是过了好久她依旧没有醒来，他又把她背得更紧了。

夏天的天气，是令人煎熬的，到校医室时，欧阳已是汗流浃背。他大口地喘着粗气把秋子杉放在病床上，便赶紧给医生挪了位置。欧阳在一旁，医生挂着听诊器，一会儿听听秋子杉的心跳，一会儿又看看她的眼睛。他实在耐不住性子了，便问起医生来。

医生没有理会欧阳，依旧专注于自己的病人。又过了一会儿，医生终于摘下了听诊器，露出了笑脸，“你们别担心了，这位同学什么事也没有，就是睡着了。”

“睡着了？”两人异口同声。

医生又笑了笑。

这时，陆文杰也松了一口气，“真是败给她了，第一节课也能睡着。”

“那这要怎么跟老师说啊？”

“总不能真的说睡着了吧？”

“是啊！要不然老师又该说她了。”

“那就说身体不舒服吧！”

欧阳点了点头，看了看陆文杰，又看了看秋子杉，浅浅地笑了。那个笑仿佛在说：“真拿你没办法。”那样的眼神，那般的温柔，那般的多情，怕是让人多看两眼，就会醉倒在他的眼神里。

陆文杰转身看了看欧阳，看他正出神，便沿着他的目光又看了会儿秋子杉，才回过头朝欧阳的肚子打了一下，“好了，还没看够啊，走吧！”

“走！”欧阳又看了看秋子杉，才搭着陆文杰的肩膀离开了。

按照事先商议的，他们没有向班主任说明实情。他们为了不让秋子杉挨批，撒了一次小谎。

夏天的热是望不到尽头的，这节数学课也是，漫长而无聊。回到班级的欧阳、陆文杰根本无心听课，他们只记挂着医务室里的秋子杉，想着她是不是醒了，会不会出什么意外，是不是有个人陪着会比较好。这么想着，恨不得能立马飞到秋子杉身边看着她，而不是在这里焦急地望着黑板。又过了一会儿，下课的铃声终于响了，班主任一句“下课”，两人抬腿就往校医室跑去。

他们到的时候，秋子杉已经在穿鞋了。陆文杰一见她，顿时眉开眼笑，“哟！睡醒啦。我可真是够佩服你的，第一节课都能睡着，昨晚是不是想帅哥了？”

秋子杉本想呛回去的，但一见欧阳也在，便低下了头，继续穿鞋：“才没有呢，你不要乱说好不好，我昨晚是失眠了！”

“啧啧啧，是是是，是想帅哥想得失眠了吧！”

“你……”秋子杉又看了一眼欧阳，放弃了争辩，“懒得跟你强词夺理，反正也说不过你。”

她系好了鞋带，站了起来。

“要不要再休息一下？”

“再休息一下？睡成猪吗？”秋子杉瞪了陆文杰一眼，又对欧阳说道：“没事的，我可以回去上课了，我们走吧！”

“我们走吧……”陆文杰学舌道。

秋子杉再也忍不住了，挥拳就要打他。好在，陆文杰的反应更快，一把就抓住了她的拳头，“要注意你的形象，这里还有一个大帅哥在呢！”

秋子杉挣开了他的手，又把头低下了。只是临走前，她心里实有不甘，便顺路又踩了他一脚。

陆文杰毫无防备地受了一脚，已无心顾及其他，这会儿早已忙着捂脚，皱眉，嘴里喊着疼了。欧阳站在一旁，却只痴痴傻傻地看着秋子杉，待回过神来时，才用手背拍了拍陆文杰的肚腩，笑道：“走吧！兄弟。”

（二）

盛夏时节，酷热难耐，不知是否因为这个原因，人的脾气也变得暴躁起来。自从上次体育课，秋子杉对夏雨发了一通脾气，至今她满心都是懊悔。虽说她是个易怒之人，但怒火之后的秋子杉又莫名的后悔，后悔自己犯下了大错。

又是一节体育课。操场上，热气弥漫着每个角落，秋子杉站在操场的一隅，看着大家，她觉得每个人都很奇怪。这么热的天阻止了虫儿从地上爬过、鸟儿从天空飞过，却无法阻止大家上体育课。当然了，也许是性别之差，秋子杉无法理解男生的思维，但女生呢？她同样无法理解。这不都躲在树荫下了，仍能听见她们抱怨“讨厌，又晒黑了”。秋子杉突然意识到，女生之间好像只有她从来没有注意过自己的长相。她觉得女生很不可思议，她无法理解她们的世界。

女生的体育课一如惯例，永恒不变的开始——跑步。这样的体育课是令人绝望的，因为秋子杉最讨厌跑步了，但她想到可以借此机会再次接近夏雨，便硬着头皮又去了。

秋子杉小心翼翼地跟在夏雨身后，犹豫着该不该和她道歉。如果去了，要怎么说？说什么？她会不会原谅自己？秋子杉不知道，只知道越想心越烦，干脆追上她再说吧！

秋子杉跑了上去，怯怯地叫了一声："小雨。"

夏雨扭头一看，是秋子杉！顿时不悦起来，"什么事？"

夏雨是北方女孩，五年前来到了彭城。她是家中的长女，由于母亲不善持家，所以家里的财政大权从初中起便落到了她的手里。夏雨的父亲对女儿也十分信任，从来不担心她会胡乱花钱。也许正是这样，她才这么独立、有个性。至于秋子杉误会她的事，她好像早有耳闻，嘴上虽不说，心里却是疼惜秋子杉的。只是都还是孩子！

秋子杉一听，夏雨的语气里还藏着"怒气"，失落感油然而生，本已准备好的道歉也咽了回去。可夏雨是个急脾气啊，眼瞅着秋子杉一言不发，着急了，"你倒是说话啊！"

听到这里，秋子杉更加不知所措了。也许对夏雨来说，那样的语气不过是普通的情感表达，可对秋子杉来说，却是愤怒、是责骂。"她一定还在生气！她一定还没有原谅我！"她这样想着，好不容易鼓起的勇气又烟消云散了，终于垂头丧气道："我先跑步去了。"

望着秋子杉远去的背影，夏雨一头雾水，气得直跺脚，"不就是一句对不起嘛！有那么难吗？"

这节体育课，体育老师因有事，提前下班了。大家看他一走，也便逃到阴凉处耍闹起来，只有秋子杉一个人坐在树荫下发起了呆。

夏雨的人缘素来是极好的，无论走到哪里，总能被人群包围。这是一种独特的魅力，总能被人喜欢。她坐在凉亭里，一群女生围着她，有说有笑。秋子杉坐在树荫下，夏雨偶尔瞟她几眼。

夏雨看着秋子杉总是一副气定神闲的样子，生了气。又过了一会儿，她实在忍不住了，便朝秋子杉走了去。

夏雨一走到秋子杉面前，便“嗯哼”了两声。不过，她好像没有听到。夏雨看了看她，又朝她踢了一下，她还是没有反应。这下，夏雨彻底怒了，狠狠朝秋子杉鞋底又踢了一脚。不过，这下可好，她倒下了。

夏雨顿时瞪大了眼睛，慌张大叫起来，同学们闻声也赶紧跑了过来。很快，秋子杉就被人群围住了，夏雨抱着她，欧阳用力叫着她的名字，围观的窃窃私语，唯有秋子杉香梦沉酣。

秋子杉被送到了校医室，这是她第三次进校医室了，吴医生对她早已不陌生。医生还是如常给她做了检查，只不过这次，他不再像往常那般轻松了。他突然皱起了眉头：“恐怕这位同学是又睡着了！”

听到这，夏雨如释重负，松了一口气，“原来是睡着了啊，吓死我了！”

“但这恐怕不是简单的睡着，很可能是睡病！”

“睡病？”

大家异口同声，医生却叹了口气。

“这，这是什么病？要不要紧啊？”欧阳结巴了。

“我也只是听过，据说患者经常会无意识地睡着，短则数十分钟，长则几个小时，因人而异。我看她的样子有点像，至于具体是不是还要请教精神科医生了，我这里也爱莫能助。”

空气突然凝固了，大家左右看看，欲言又止。最后，只好叹息一声，静静地看着酣睡的她。

天，渐渐黑了，该走的都走了。校医室里，只剩欧阳、陆文杰和夏雨还陪着她。也许，秋子杉该庆幸，至少不是她一个人躺在这空荡荡的房间里。

又过了半晌，窗前的月也亮了，秋子杉终于醒了。她迷迷糊糊地睁开眼，见到了欧阳，不禁对他笑了笑。欧阳一见秋子杉醒了，总算是守得云开见月明，露出了笑脸，“你醒啦！”

大家凑了上来。

“是啊，我怎么在这儿？”

大家不约而同地保持了沉默，亏得夏雨反应及时，“我们快回去吧！都放学了，你刚刚中暑了，可把我们吓坏了！”

“中暑？”

“对对对！中暑中暑……”

“好了！赶紧起来了，我们快回去吧！”

秋子杉没有动，她只是静静地盯着夏雨，心里打着鼓。夏雨却瞪大了眼睛，她没有领会到秋子杉眼神里要传达的意思。

“你不生我的气了？”她怯怯地问道。

夏雨松了口气，“我当什么事呢，就那点鸡毛蒜皮的小事？我早就忘了，我现在只知道我们是好闺蜜哟！”

“真的？”

“当然是真的了，你看我像骗你吗？”

“不像！”

“好了。”夏雨走到秋子杉身旁，弹了她一个脑崩儿，“你看你美的。我们赶紧回家吧，好闺蜜！”

看着夏雨的笑，秋子杉终于安心了，从心底发出了笑声：“噢！知道了，好——闺——蜜。”

Chapter 10
/
夏雨的心

即使是身上闪着光的人，心里还是会藏着一处见不得光的角落。

四人一行从校医室出来，陆文杰便指着欧阳说道：“你直接送她回去就好，刚好我和这位美女又不顺路。”

“顺路，怎么不顺路了？我和子杉经常一起回去的。”

陆文杰对夏雨使了个眼色，夏雨没有理会他，陆文杰又走到了夏雨身旁，小声道：“你傻啊！我说不顺路就不顺路，还不快走。”说完，便强行把她拽走了，惹得夏雨破口大骂：“陆文杰，你要死了！快放开我，男女授受不亲！”说完，她的拳头就挥了出去。

陆文杰一把抓住了夏雨的手，嬉笑道：“大庭广众之下注意你的‘淑女’形象，不知道的人还以为我欺负你呢！”

“还什么‘以为’？你本来就是啊！”

陆文杰突然皱起了眉头，歪着脖子上下打量着夏雨说：“你看你没胸没腰的，白送我都不要，还欺负你？”

夏雨一听顿时火冒三丈，“陆文杰，你有本事给我等着！”说着，拳头又挥了起来。

幸亏陆文杰反应机敏，瞬间便弹出了十米开外。逃跑时，嘴里还不忘吹嘘道：“哎！打不到。”气得夏雨追着他满街跑。

夏雨追出不到百米后，便上气不接下气了。陆文杰一看对手蔫了，顿觉无聊，便厚着脸皮走到夏雨面前，笑道：“好了，给你打一下，不玩了。”

求和的话音刚落，夏雨一个拳头便落到了陆文杰肩上，嘴里还不忘大度道：“哼，我才不跟你一般见识呢！”

陆文杰抱着手臂，“这还不一般见识？打得多痛！”

“那是你活该！”

说完，夏雨甩头就走。

天黑，学校已放学，该离开的早已离开，还未离开的，还在徘徊。校停车场内，欧阳和秋子杉正推着自行车往前走，只是一个太过害羞了，另一个又过于沉默，一路上，只有那辆自行车对着空气“咯吱咯吱”作响，这对少男少女竟无话可说。

欧阳看了看秋子杉，又抬头望了望夜空，“那个……天晚了，我载你回去吧！”自行车压到了石头，车轱辘弹跳起来，秋子杉扭过头看了看欧阳，木讷了。

“那个……我担心你刚醒过来，神志不清……不不不不，说错了说错了。我是担心你刚醒来，累着了……”

秋子杉露出了笑容，“不会的，你别担心！”

欧阳没说话了，对方没抓住重点。

又过了一会儿，秋子杉突然冒出了一句话：“你骑车的技术应该很好吧？”

欧阳顿时松了口气，点了点头。

秋子杉上了车。

“小雨他们已经回去了吧？”

“嗯！放心，有陆文杰在，没事的。”

“哦！”

“你……跟陆文杰的关系很好吧？”

“嗯？我和陆文杰？还行吧！毕竟我们从初中就认识了。”

“他以前有喜欢过什么女生吗？”

“这个我就不太清楚了，没听他说过。不过，我觉得他和小雨倒挺像一对冤家的。”

欧阳笑了起来，“是啊！他们两个感觉就很熟的样子。”

他们的谈话大致离不开陆文杰和夏雨，很少关于自己的。不过事实也确实如此，很少有人会不喜欢他们两个。他们爱笑爱闹，语言风趣又幽默，总能给身边的人带来欢乐，常常一开口就俘获了人心，也难怪别人嘴里总挂着他们。但是，即使是这样闪着光的人，心里还是藏了一处见不得光的角落。

另一边，随着一阵沉默的到来，夏雨和陆文杰之间的气氛变得严肃起来。夏雨陷入了沉思，半晌过后，她忽问陆文杰：“他们两个是不是有意思？”

陆文杰收起了笑容，“这不很明显吗？”

虽说一开始，夏雨接触秋子杉的确有自己的目的，但相处之后，越发觉得她是个善良可爱、有个性的女生，便真心和她做起了朋友。只是两个人，一个是朋友，一个是喜欢之人，夏雨的心也深受伤害。她也嫉妒他们之间的亲密，也曾动过念想“把他抢过来”。但恢复理智之后，便知道，那不过是被情感冲昏了头脑的胡思乱想。她深知，强扭的瓜不甜，感情之事不能强求，她更不至于因为一段本就不属于自己的爱情而变得如此不堪。

空气中传来了一声叹息，陆文杰嗅到了异常。他看了看夏雨，顿时变了脸，“该不会你也暗恋欧阳吧！”

夏雨猛地瞪了陆文杰一眼。陆文杰自知说错了话，闭上了嘴。车站里，公交车也到了，夏雨刚上车，车门便关了。陆文杰被挡在了车外，只好等着下一班车。

夜晚，夏雨独坐车内，望着窗外匆匆闪过的灯影，心里不由得闷闷的，“只准今天难过，明天就要笑对人生。不要再纠结那些不属于自己的东西了！”她这样劝诫自己，望着窗外。

可是窗外，欧阳和秋子杉的身影忽又一闪而过了。她回头又看了看他们，深吸了一口气，便不看窗外了。

人生仿若酣梦一场，醒来的时候面对的才是真正的生活。

Chapter 11
/
香梦沉酣

晚上九点，欧阳把秋子杉送回了家。还未到秋子杉家门口，他们便远远看见了在家门口徘徊的秋母。

夜灯把路照得透亮，秋母看见了女儿的身影，从一个男生的自行车后座上跳了下来。她有些慌张，急忙上前，问道："这位是？"

秋子杉赶忙解释："哦，他是我们班同学，我今天在学校中暑了，他顺道就送我回来了。"

"中暑？怎么好好的就中暑了？"秋母检查起女儿的身体来，"有没有事啊？"

"妈，我这不是好好的吗？您就别担心了。"

秋母一见确实如此，松了口气，这才又想起了身旁这位同学，笑了笑说："这位同学，不好意思给你添麻烦了。要不上去坐坐，喝喝茶？"

"不用麻烦了，阿姨。我也要先回去了。"

"没事的，不麻烦。"

"不用了，阿姨。我回家还有作业要做，就先走了。"

"那行！我就不留你了。"

"好的，谢谢阿姨！我先走了，再见！"

欧阳转身刚准备离开，忽又想起了秋子杉的病情，他想应该把情况和秋母说清楚，不要耽误了秋子杉的病情才是。于是，他又转过身，叫住了秋母。

秋母有些诧异，她不明白这位同学有什么事要跟她说，但她还是应他的要求将女儿打发上了楼。半晌过后，她踏着沉重的步伐上了楼。刚才欧阳的话，她没听错吧！“睡病？这是什么怪病？为什么我的女儿会得这种病？”她不解，为什么老天爷要这么对她，“你已经毁了我的人生，为什么现在又要来毁我的女儿。”她强忍着哭声，不让女儿听到。

初夏的夜晚，炎炎暑气，一阵热风吹来，秋母却打了个寒战。生活已经给了她太多痛苦，但现在她又顾不得自艾自怜。秋母想起了屋里的女儿，想到了她的未来，又赶紧擤了擤鼻涕，擦了泪水，回家了。

秋母打开房门，女儿便从房间里走了出来，“妈，欧阳走了？你们都聊些什么了？”

“没，没什么……”秋母闪烁其词，“就是聊了点你在学校的情况。”

望着母亲哭红的双眼，秋子杉的心里很不是滋味，她小心翼翼道：“妈，欧阳跟你说什么了？”

“没，没什么。”

“其实，我都知道。我，我刚刚……听到了。”秋子杉低下了头。

“你，你都听到什么了？不是让你先回来了吗？”

“妈，你别难过，我没事的！”

听到女儿这么说，秋母的泪水再也抑制不住了，她大声哭了出来。秋母看着女儿那双明亮的眼睛，一把抱住了她，“宝贝，你不要害怕啊！没事的没事的，妈妈一定会带你把病治好的，你不要多想，不要难过，不要难过啊……”

秋母的声音越来越小，越来越小，直至最后，这个冰冷的房间里只剩她的哭声。

第二天，秋子杉没去上课，秋母带她去医院看病了。虽说是工作日，医院的人还是络绎不绝，秋子杉跟着母亲到了诊室门口。秋母敲了敲门，便带着秋子杉进去了。

诊室里坐着的是一位四十岁左右的医生，戴着眼镜，正紧锁着眉头。母女二人在她面前坐下时，她还在忙着手里的活儿。

时钟“嘀嗒嘀嗒”，房间里静悄悄，医生还在忙碌着。几分钟后，她终于忙完了手头的活儿，抬起了头，看了看母女：“谁看病？”

秋子杉吓了一跳。

“我女儿。”

“先简单介绍一下情况吧！”

“是这样的，医生。我女儿好像得了睡病，会经常无意识地睡过去。”

“睡病？”医生突然打量起秋子杉来。

秋子杉顿时皱起了眉头，她不喜欢这样被人盯着，像是受到了侵犯，她开始厌恶这个医生。所以当医生问她问题时，她总是用“嗯，哦，大概是这样”的话来敷衍她，大部分的话题仍是秋母与医生在进行。到最后，她索性连这些简单的语气词也不说了，在椅子上睡了过去。

这是秋母第一次见女儿“发病”，当医生说睡病是个无法治愈的病时，秋母如雷轰顶，瘫坐在椅子上哭了起来。她觉得这一定是场噩梦，老天在和她开玩笑，女儿怎么可能得这种“不治之症”？她用力摇晃着女儿，想叫醒她，这一定是场梦，她要女儿赶快醒过来。可秋子杉依旧香梦沉酣，一动不动。

秋母放弃了，无力了，这不是梦，这是生活。她用哀求的口吻向医生说道："医生，求求你了，救救我女儿！"

"秋妈妈，你先别难过。你一定要打起精神来，你女儿还要靠你呢！"

听医生这么说，秋母赶忙擦了泪，"对不起啊！医生，刚刚是我失态了。"

"没关系！我能理解您的心情。我们还是先聊聊你女儿的情况吧！虽然从目前的状况来看可能是睡病，但我还需要观察一段时间再做判定。在此之前，我想多了解她一点。她这样多久了？"

"刚不久吧！"

"发作频率呢？"

"这……我也不太清楚。我也是昨天才知道了她这个情况。"

"最近有没有受到什么刺激？"

"这倒没有！"

"平时有和她沟通吗？"

"比较少，这孩子向来比较文静。"

"文静？平时不爱说话？"

"嗯……也比较少和她沟通。"

"一直都这样吗？"

"是啊！这孩子从小就不大说话。"

"有时……孩子的沉默是一种不正常的状态。"

秋母无话。

"家族里有没有这类病史？"

“没有！”

“学校的情况了解吗？”

“她很少说起学校的情况。”

医生低着头，继续在病例本上写写停停，“可以试着与这孩子多沟通沟通，像朋友那样，不要给她压力。学校方面的情况也可以多了解了解，有助于了解病因。”

“那……需不需要吃药啊？”

医生想了想，“过段时间再看吧！还不能确定是什么问题，定期来复诊就行。”

“那继续上课有没有问题？”

“能维持正常生活对她更有好处，毕竟现在还小。”

医生的话说完了，秋母瘫在了椅子上。她呆呆地望着熟睡的女儿，有气无力地说了句：“我明白了……”

事已至此，秋母也没办法了，只能接受。她深深地叹了一口气，便不再说话了。

秋父在听闻女儿得了怪病之后也匆忙赶回了家，只是他每次在的时候女儿都在睡觉。每次，他只能静静地看她几眼，有时抚摸抚摸她的额头，有时也偷偷落泪。望着女儿这般安静地躺在床上，他既心疼，心中又有愧。毕竟自己亏欠女儿的实在太多了，没能好好关心她、照顾她，还让她遭了这份罪，他宁愿是他得了这莫名其妙的怪病。可是，没有如果。

Chapter 12
/
秋母访校

心病还须心药医，解铃还须系铃人。

第二天是周五，马上就周末了，秋母还是送女儿去上课了。一方面，她想了解女儿在学校的情况；另一方面，她也想着，是不是问题出在学校？解铃还须系铃人，或许那里有治愈她的办法。

这天，天气如常，大家也如常，没有谁因为谁的缺席就枉送了一天。母女二人走到班级门口时，陈老师便看见了她们。

“是秋妈妈吗？”她从教室迎了出来。

秋子杉向班主任问了声好，就回座位了，她知道陈老师是来找她妈妈的。

“子杉的情况怎么样了？”

秋母长叹了一声说：“医生说需要再观察一段时间。”

“正常上课有问题吗？要不要休息一段时间？”

“医生说了，维持正常的生活对她更有好处，平时多注意一些就行。这孩子啊……”她叹了一声，望了眼教室里的女儿，“就看她的造化吧！”

“不会的，不会的！”班主任赶忙安慰，“会有办法的。”

“真这样就好了！”秋母又望向了班级，看了看自己的女儿，又看了看其他同学，“为什么偏偏是我们家子杉呢……”

“秋妈妈，秋妈妈……没事吧？”

秋母擦了擦眼角的泪水，“对不起啊！陈老师，我没事。我就是还想向您了解一下我女儿的情况。”

“您说！”

“我女儿一般都什么时候会睡着？”

“这个……”班主任皱了皱眉头，“数学课有见过她睡过几次，其他的……估计要问一下前后桌了。”

“哦……这样啊！那，那……我女儿在班级的表现怎么样？”

班主任斜睨着眼，思忖了片刻，“秋子杉同学好像身体不太好哦？”

“是啊！她从小体质就差，容易生病。”

“可能是这样影响了成绩，成绩不太稳定。然后……好像也不太喜欢说话，玩得比较好的……好像就是后桌两个男生还有（8）班一个女生。”

“这样啊……”秋母抿了抿嘴，陷入了沉思。过了半晌，她忽向班主任请求道，“陈老师，你看我可不可以和这两个男生谈谈呢？”

对于秋母突然的请求，陈老师有些诧异，但她望着秋母苦苦哀求的眼神，同样身为孩子母亲的她，怎能不理解呢！

欧阳和陆文杰从教室里走了出来，同学们都用诧异的目光看着他们，为什么秋子杉的母亲会找他们？

班主任简单为秋母介绍完他们两个后便离开了。这是第一次，秋母从别人的嘴里知道了女儿在人们心目中的形象，不是那个乖乖女，而是那个性格孤僻、不合群的少女！这也是第一次，她从他们的嘴里知道了女儿经常发呆，无故流泪，不善与人沟通，人群与上课都能让她战战兢兢。

听着听着他们说的话，秋母便出了神。她望着班级里的女儿，满眼尽是泪水。她又擦了擦眼角的泪，看着两个男生道：“文杰同学、欧阳同学，以后还要麻烦你们多照顾照顾我们子杉了。这孩子，我真不知道拿她怎么办了。”

“阿姨，你放心。我们一定会的！”

“谢谢你啊，欧阳同学。前天你送我们子杉回家，我还没好好谢谢你呢！”

“阿姨，您别这么说，应该的！”

“这孩子啊，就听天由命吧！”秋母又看了眼女儿，便离开了。她真拿命运这样的安排一点办法也没有了。

秋母走了，欧阳和陆文杰又回到了座位。班级里，同学们朗读的朗读，背书的背书。欧阳呆呆地望着秋子杉的背影，沉思起来。半晌过后，他忽扭过头，对陆文杰说：“暑假要不要帮子杉补习？她不是有几科不太好呀？”

陆文杰嬉笑了起来：“哟哟，子杉啊？叫得这么亲热！”

杨玥扭过头，看了看他们，又继续背她的书去了。

陆文杰对她撇了撇嘴，欧阳用手臂推了推他：“小声点。”他这才识趣地说道，“我没什么意见，不过可以顺便把隔壁那个母老虎也叫上。”

“夏雨？”

“是啊，除了她还有谁。她们不是闺蜜吗？”说到闺蜜，陆文杰不自觉又打了个寒战，“这两个字真恶心。”

欧阳没有说话了，他又静静地看了秋子杉好久好久。明明她读书的时候，与常人无异。

Chapter 13 / 十七盛夏

现在的她，终于开始接受这个世界了，开始从困住她的那个世界走出来，打开心扉，接受阳光的沐浴。

（一）

在得知秋子杉的病情后，欧阳、夏雨和陆文杰非但没有嫌弃她，反而更加关心起她来，这也让向来孤独的秋子杉感受到了友情的温暖。现在的她，终于开始接受这个世界了，开始从困住她的那个世界走出来，打开心扉，接受阳光的沐浴。多少年了，从未有人走进那里，她也从未将自己从那里放逐出来。这是第一次，她从那个只属于自己的世界走出来，虽然小心翼翼，但总算是伴着欢乐。是啊！欢乐，这个无情之人总算是有血有泪、有感有伤了。

南方的夏季漫长而痛苦，从五月下旬一直到十月，酷热难断。但今年，这个夏天，对秋子杉来说，却是短暂而快乐的。

暑假补习，四人无非是打打球、看看书、做做作业，并没什么特别的地方。虽说大家关系日益亲密起来，但每天往复如此，难免单调乏味。

这天清早，欧阳在班里看小说，陆文杰忽闯了进来，抢过了他手里的书："文艺男青年啊？"

欧阳抢回了书："一本侦探推理小说。因为里面那个侦探也得了嗜睡症，就看看。"

"呦呦呦，这么关心人家啊！"

"没有啦，随便看看！"

秋子杉和夏雨进班了。

"好了好了，今天都别看书了，天气太热了，实在没心情看书，找个地方玩吧！"说着，陆文杰又抢过了欧阳手里的书，"你也是，都快成书呆子了，不要再看了，去玩吧！”

“好啊！去哪里玩？”

陆文杰看了看夏雨，学起她说话的腔调来。

夏雨一看陆文杰又在戏弄她，拳头便挥了出去，亏得欧阳插了话，救了他，“是咯，去哪儿玩？”

“滑旱冰吧！好久没玩了。”

大家都不会。

一听大家说不会，陆文杰眼睛都瞪大了一圈，“你们怎么一个个跟书呆子一样，连滑旱冰都不会？”

“不会就不会，你有意见吗？”夏雨理直气壮的，陆文杰只好作揖赔笑道，“不敢不敢，怎么敢对您老人家有意见！您老人家‘辣’……么聪明，一学就会了，是不是？”

“这还用废话吗？”说完，夏雨又瞥了一眼陆文杰，拉起了秋子杉的手，“亲爱的，我们走吧！”

夏雨的话音刚落，空气里便传来了一阵作呕的声音，陆文杰向来听不惯女生之间这些肉麻的话。夏雨知道这是陆文杰在恶心她，所以没打算给他好果子吃。只见，她沉着淡定地挤出了一副笑脸：“怎么，陆阿姨身体近来不好吗？难不成是有喜了？”

兵来将挡，水来土掩。陆文杰脑子一转，也挤出了一副笑容，挑眉戏说道：“这都被你看出来了，最近家里喜事连连，没办法，低调低调……不过，最近我看你脸色红润有光泽，难不成是你也有喜了？”

“滚！”

夏雨又动起了手，陆文杰又机智地躲过了一劫。

想着自己搬起石头砸了脚，夏雨这话是接不下去了，索性拉着秋子杉就走。只是离开之际，她仍不解气，顺道又踩了陆文杰一脚。这次，陆文杰没有防备，只好白白受了她一脚，立在原地挤眉弄眼，嘴里直喊着疼。

小城的娱乐设施并不丰富，适合学生玩乐的场所也有限。所以一到暑假，旱冰场便随处可见是学生了。再者，这里少了大人们的督促，平时受惯了父母管束的孩子，在这里便可以放开了性子玩儿。这里的男男女女是不用在意外界的繁文缛节的，这里更不会有人因为男女之间随便牵牵手就用怪异的眼神看着他们。

四人将租好的设备穿戴整齐后，陆文杰便像个指挥官一样发话了：“你们过去扶着墙边的栏杆。”

欧阳、秋子杉听到命令后，便乖乖走了过去，只有夏雨摇摇晃晃起来：“走不过去啊！”

陆文杰一看，便取笑道：“呦！您老人家不是很厉害吗？这怎么就把您给难倒了？”

夏雨斜睨着陆文杰：“要你管，哪儿凉快哪儿待着去。”说着，又要挥手打他。可陆文杰这会儿却突然温柔起来：“看在你好歹是个女生的份上，牵你过去。”

这是第一次，夏雨见陆文杰这么一本正经，她想象往常那样用打闹来化解这尴尬，可自己却先害羞了起来。只见，她畏畏缩缩地伸出了手，脸颊也泛起了红晕。她的手很好看，纤细而白嫩，与她那粗犷的性格倒有些格格不入。她屏着呼吸，小心翼翼地将手伸向了他的掌心，世界一片宁静，她看着他，专注而认真。

夏雨把手伸了出去，指尖触碰到陆文杰掌心的那一刻，一股电流突然击穿了她的手指，直奔她的心房去了。她慌乱地看着他，他却对她笑了笑，她顿时又安静了下来。

旱冰场的音乐响起了，人们来来往往，那颗跳动的心很快就被掩藏在了哄闹之下，大家又恢复了平常的样子。

也许是大家的运动神经都比较发达，欧阳很快便掌握了滑冰的技巧，夏雨在陆文杰的搀扶下很快也可自由滑行了，唯有缺乏运动细胞的秋子杉无法自由活动，还需欧阳的搀扶，惹得陆文杰频频取笑她："你怎么这么没用啊！"

"你也好不到哪里去！"秋子杉假装生气起来，"你怎么不和其他人比一比？欺负我这个新手有意思吗？"

陆文杰"啧啧"了两声，夸奖道："脾气见长啊！不错不错。还是有人撑腰了？"

秋子杉低头不语。

虽说夏雨能够自由滑行了，但大多数时候仍需陆文杰的搀扶才能保持平衡。在陆文杰取笑秋子杉之际，夏雨忽的一个踉跄，没有站稳，使得站在她身旁的陆文杰受她影响，也跟着晃荡起来。只见，他俩一声惊叫，又一声惊呼，最后竟"砰"的一声，摔倒了。

秋子杉、欧阳瞪着眼，看着他们。陆文杰一屁股坐在地上，夏雨则摔在了他肚子上，没遭什么罪。

“让你嘚瑟来着。”这下轮到欧阳“落井下石”了。

陆文杰虽说摔倒在地，仍不忘以口还击：“欧阳，你无义气，重色轻友。”

说话间隙，夏雨忙从陆文杰的肚子上爬了起来。只是，她有些局促不安，完全没了平日里的不拘小节。她看了眼坐在地上的陆文杰，想去拉他一把，可一看他那张脸，又急遽转身，走了。陆文杰不解风情，却怪起了她来。

又过了一会儿，午饭时间到了，大家也渐渐没了玩的兴致，便草草结束，离场了。

（二）

午饭过后，已是下午两点。此时，烈日当空，街上不见人影，偶有几辆路过的车发出几声沉闷的声响，便匆匆离开。

四人一行从餐厅出来，便被扑面而来的热气吓了回去。眼看回家也是遭罪，陆文杰便提议去打台球。欧阳和秋子杉满口答应了，反倒是夏雨说要回去了。大家不解，纷纷劝说，她却说有些累了，要回去休息。

陆文杰一听，大吃一惊：“休息？秋子杉都没睡，你要睡？我才不信！”

“滚，要你管！”夏雨不高兴了，她看了眼陆文杰，便不想理他了。最后，还是秋子杉好说歹说，她这才不情不愿地留了下来。

下午两点半，台球城空空如也。四人打台球，无非是两个男生在比拼，陆文杰可是丝毫不把两个女生放在眼里。

夏雨一看陆文杰又是嚣张跋扈的那个样子，便按捺不住了：“喂，凭什么都是你们在打？我们都没份儿。”

“你会打吗？”陆文杰不屑道。

夏雨自信满满道：“试试不就知道了！”

“子杉呢？”欧阳问。

“初中的时候跟陆文杰学过。”

“那就混合双打咯！”

“好，我跟这个母老虎一组，你们俩一组。”

“你说谁母老虎呢？陆文杰。”

“谁应了就谁了呗！”

“好了好了，你们俩就不要打情骂俏了，开始了。”

战火暂时平息了下来。

随着“砰”的一声，夏雨发球了，铿锵有力，不愧是女中豪杰，开球便进了一个。就连陆文杰也禁不住称赞道：“哟，有两下子哦！”

夏雨连看也不看他一眼：“这不是废话吗？不需要你拍马屁。”

“屁？你有屁……吗？前不凸后不翘的。”

夏雨的怒火再次被点燃。

“陆文杰，你……你给我等着！”说着，拿起了球杆当武器。

这下，陆文杰终于怕了：“不敢哦，会出人命的。”

夏雨挤出了一副笑脸：“不会的，你只要乖乖地站在原地，我保证会很轻很轻的……保证你感受不到一丁……点的痛苦。”

“我傻啊？站在这里给你白打。”

“谁让你说人家坏话了，你这也算是罪有应得。再说了，小雨要是不打你，我们这盘球也不用打了。”

“是啊！陆文杰，你是男人。”

“你们说得倒轻巧！又不是你们被打。”陆文杰自始至终都是笑嘻嘻的。

“没事的，不用怕，我会很温柔、很温柔的。”

夏雨拿着球杆一步一步地朝陆文杰走去，陆文杰向后退了退。只见，她使出了浑身解数，把球杆举至了半空中。陆文杰知道这将是一场逃不过的“劫难”了，便闭上了眼睛，准备受刑。可是，随着“啪”的一声响，球杆却轻轻落在了他的屁股上。这下，他可是松了口气，睁开了眼，笑道：“这才乖嘛！”

“我这是大人不计你这个小人过，不跟你一般计较好吗？”

“是是是，您宰相肚里能撑……船！”陆文杰就是爱耍嘴皮子，都这时候了，仍死不悔改，居然敢暗讽夏雨肚子大。

夏雨一听，一声怒吼：“打你的球去吧，别在这耍你的破嘴皮子，小心我再揍你。”

就这样，四人在似怒似笑的欢乐中度过了一段欢乐的午后。转眼，傍晚又来，一天就要过去了，炎炎的夏日终于展现了她温柔的一面，余晖透过玻璃静静落在地上，周围的人也渐渐多了起来。

这时，陆文杰突然指着秋子杉说道：“咦，你今天没睡过去吧？”

“是啊！亲爱的。今天你可是一下都没睡过去哦！”

“是啊！”秋子杉笑了。

“看来多出来活动还是管用的。”

“是！”

“那要看跟谁在一起了。”

秋子杉瞪了眼陆文杰，竟学着夏雨对他的态度，“一边待着去，小心我也揍你。”

陆文杰笑了笑，没回话了。

天渐渐温柔起来，夏雨走到了窗边，她想看看外面的世界，却忽然惊叹起来：“子杉，今天的夕阳好美啊！你快过来看。”

秋子杉兴冲冲地跑到窗前，好似捡到了宝一样，“是啊！是‘火烧云’耶，天边都被染红了。”

“好了，我们回去吧！还可以边走边欣赏小城的落日余晖呢！”

大家出了门，傍晚的太阳早已没了白日里的火辣辣，宛如一位娇羞的小姑娘，泛着红晕。天边，温柔的晚霞透过云层落在屋顶上、树荫间，洒在小城的每个角落，仿佛是给小城披上了一件霞衣。走在夕阳下，余晖将他们的影子拉得老长，他们却像孩子一样玩起了踩影子。不一会儿，太阳又跑到了半山腰，只隐约可在树荫间寻得她的一丝踪迹了。渐渐地，一丝踪迹也寻觅不到了，夜来了，灯亮了。还是方才的那条路，还是方才的那片天空，只是不见了夕阳下的那些背影。人，散去；夜，终来。

满天星的花语是甘当配角，不论过去、现在以及将来我们如何的渺小、如何的卑微，值得庆幸的是我们始终是自己人生的主角，唯一的主角。

Chapter 14 / 心灵感冒

（一）

暑假的欢愉时光，不仅让四人的友谊日渐深厚起来，还滋生了别样的情愫。虽说有些时候，大家面上还如常，但青春期莫名的凝望又暗示了心底的变化。

陆文杰，也许是他太聪明了，把自己藏得太深了，谁也不知道他是怎么想的，他从不跟人说心底的秘密。夏雨，她的情感是细腻的、敏感的，但通常这样的人总是容易受伤。欧阳，他还是一如既往，那样温柔。而秋子杉呢，她已经不再是过去的那个她了，她变了。

每周三、周日是秋子杉复诊的时间，暑假一开始她还每周去两次，现在一周她只去一次了，还经常放医生鸽子。说实话，她是不太喜欢这位医生的。她觉得每次和医生说话都很无趣，倒不如和小雨、欧阳他们一起自习来得有趣。

这日又是周日，暑假为数不多的周日。照理来说，她应该去见医生的，但他们要一块儿爬山，秋子杉只好又取消了和医生的见面时间。不过这次，医生没再安排其他的事了，她约了秋子杉母亲。

周天上午，秋母如约来到了医生办公室。医生一见秋母来了，便笑道："你女儿最近可老放我鸽子啊！"

秋母一听这话，连忙赔礼道："真不好意思啊！医生。我回去一定好好说说她，给您添麻烦了！"

医生一面收拾着文件，一面笑着说："孩子嘛！爱玩挺好的。我今天约你来主要还是有其他的事情。"

“好嘞，医生。您说！”

两人坐了下来。

“经过这段时间的观察，基本确定你女儿得了慢性抑郁症。”

“慢性抑郁症？”

“是！慢性抑郁症。至于嗜睡的原因还需进一步诊断，但可以确定的是你女儿已经患抑郁症很长一段时间了。”

“很长一段时间是什么意思？”

“就目前来看至少是两年，但有可能更长。”

秋母脑中一片空白。

“不过，你女儿近期情况有所好转，好像嗜睡的情况也好多了，是不是？”

“是啊！”

“嗜睡的原因暂且不知，可能与抑郁症有关也说不定，这段时间这两个问题是一起改善的。至于具体有什么关联，还需进一步观察。”

“那这个抑郁症要怎么办啊？医生。”

“秋妈妈，别着急！你女儿的情况已经好多了。”

“真的？”秋母的眉头舒展开了。

“从她上次来的情况看，笑容也多了，也比以前爱说话了。听她说，也不怎么嗜睡了。她好像很喜欢和她的朋友在一起，一提到他们就很兴奋。”

“是啊！”秋母也笑了，“最近天天和他们在一起。”

“那挺好的，还爱玩就说明情况没那么糟！”

“那怎么才可以痊愈呢，医生？”

医生顿了顿，想了想说：“家里没有抑郁症病史，对吧？”

秋母点了点头。

“那……对于这类的患者，他们的病因基本可归于一个‘心结’。”

“心结？”

“对！心结。”

“这抑郁症啊，其实就是一个‘心病’，一个‘心结’，只有帮她把这个结解了，难关过了，才有根治的可能，但是要她把这个结说出口，是有困难的。如果家人、朋友能够帮助她直视那个‘创伤’，对她来说是最好不过的。但这可能会很困难，治愈的时间也可能很长。”

“那还有没有别的办法啊，医生？”

“目前抑郁症运用比较广泛的疗法还有认知疗法，这种方法主要通过交流来改变患者对目前遭遇困惑的认知模式来达到治愈的目的，有一定的成效。这种办法身边的人一样可以帮她，就比如现在她愿意和朋友在一起，和他们谈天说笑，对她来说就是一剂良药。”

秋母深深地吸了口气，沉静了下来。

“根治的话，关键还得看她自己。”

秋母没再说话了，医生的一席话让她陷入了深深的思考。她想女儿的病快点好起来，毕竟她都高二了。再不久，她毕业了，就要远行了，没办法再照顾她了。

（二）

回家之后的秋母想了很多，她不太明白女儿怎么就得了抑郁症，又是什么时候得的抑郁症呢？她百思不得其解。

“难道是自己离开的时候？她一直很坚强啊，从不像其他的孩子那样又哭又闹。再说了，她只是一个孩子，不用愁吃、不用愁穿，哪来的这么多愁？”秋母觉得自己越来越不懂女儿了，“那几个同学，子杉好像很喜欢他们。或许他们会了解她，知道她的心事？要不请他们来家里坐坐？一来这段时间子杉病情好转，要感谢他们才是；二来子杉将来在学校的时间比较长，还要麻烦他们多照顾了。”

八月下旬，学校马上就要开学了，大家想着暑假最后几天要玩个痛快，不要整天再读读写写了。恰好，这几天天气又好，夏雨和秋子杉便打算一起逛街去。

这天上午，秋子杉还在家，准备出门和夏雨见面，没想到临走前秋母突然把她叫住了：“你约了夏雨？”

秋子杉点了点头。

“对了，过两天是你十七岁生日，要怎么过？”

“在家里随便过过就是咯！”

“要不叫夏雨还有帮你补习的那两个同学一起来家里吃饭，热闹热闹？”

秋子杉一听：“是咯！我怎么没想到！”母亲的话正中了她的怀，她的眉毛几乎都要飞了起来。

“我怎么这么笨呢！”秋子杉敲了敲自己的榆木脑袋，又对秋母说了句“谢谢老妈”，才笑着出了门。

第二天、第三天，第四天是秋子杉的生日。这一天，夏雨、欧阳和陆文杰带着礼物来到了她家。两个男生各提了一个小袋子，进门的时候便把东西塞到了秋子杉手里。夏雨则带来了一束花，一束满天星。她永远都记得那天从子杉嘴里说出的话：她喜欢它，是因为它的渺小，它的卑微，它最本真的模样，而不是别人给它的定义。

秋子杉看着夏雨手里的花，眼角顿时泛了泪光，她没想到夏雨还记得她喜欢什么。

夏雨看着她，笑靥如花说：“寿星，给你的！你要不要看看花里还藏了什么？”

秋子杉点了点头，在花束里翻腾起来。她发现了一张卡片，她疑惑着问：“是这个？”

夏雨点了点头，秋子杉打开了它。只见，上面写着：

满天星的花语是“甘当配角”，你曾说过你喜欢它是因为它的渺小，它的卑微，它最本真的模样，而不是别人给它的定义。其实，每个人又何曾不是这样，如它一般渺小、卑微。但不论过去、现在以及将来我们如何的渺小、如何的卑微，值得庆幸的是我们始终是自己人生的主角，唯一的主角。未来的某一天，也许别人会如何的骄傲，如何的了不起，会惊艳时光，更会响彻人间，但她终究和我们一样，只是自己人生的主角，别人人生永远的配角。每个生命唯有自己是永恒的主角，活出自己的样子来吧！勇敢做自己。

夏雨

秋子杉抱了抱夏雨，她感谢她，在意她，关心她。她们之间因为有难能可贵的一种情分在，她们是不一样的。也许这就是被人重视的感觉吧！秋子杉发自内心地笑了。人世间的真情实感竟是这样温润人心。

“你喜欢就好！”

秋子杉点了点头，跟着她也笑了。

望着两个女生，一个要哭，一个在笑，陆文杰丈二和尚摸不着头脑，便要伸手去夺卡片，两个女生顿时紧紧护住，“不可以！这是我们的秘密。”

“好好好！你们的秘密。”陆文杰一脸讪讪的。

正当大家伙有说有笑时，秋母从厨房走了出来，“你看你们来就来了，还带什么礼物！快快快，进来坐。饭一会儿就好了，子杉好好招待啊！”说完，她又回厨房忙去了。

这是秋子杉第一次邀请朋友们来家中做客，也是第一次她想要和朋友们分享她的私密。她是那样的兴奋，又是那样的小心翼翼。她东跑一会儿，西忙一下，手忙脚乱地将家里藏零食的地方翻了个遍，仍在奔忙。陆文杰看她跑个没停，便问她道：“你都不累吗？我们几个坐在这里都快无聊死了，你家里有没有牌，我们打牌吧！”

一石激起千层浪，夏雨随即附和道：“好啊！不过我要和子杉一队，你们俩男的为伍，今天我们要把你们打得落花流水。”

“是是是！”秋子杉兴冲冲地跑了过来，“今天我们姐妹同心，势必要让你们输得一败涂地！”

“啧啧啧！”陆文杰满脸不屑起来，“雄心万丈啊！可惜希望越大，失望越大。”

“有希望才有目标，有目标才有动力，有动力才会赢，这都不懂吗？”

“这么肤浅的道理，我这么聪明怎么可能不懂？但关键也是要说话的人有实力才行，否则都是空想！”

“我们从来不缺实力，实力向来如源泉之水，源源不绝。”

“哎……”的一声随即传来，欧阳叹了口气：“为什么你们每次玩儿之前总要说一大堆有的没的呢？”

“是了，像我们这样的实力派根本不需要像你们一样虚张声势，打肿脸充胖子。”

“哎哟，搞得你们有多厉害一样。我们这是在气势上压倒你们，这是战术，战术！懂不懂！”

“好了好了，就你话最多，秋子杉赶紧把牌拿过来，别瞎嚷嚷了。”

秋子杉急忙忙从抽屉里取出了扑克牌，一路小跑过来。

夏雨突然气势汹汹道：“我瞎嚷嚷？你好意思说我吗？陆文杰。我们四个人之中就属你嘴最贱了！有您在，我怎敢造次！”

“是咯！”秋子杉也帮腔道，“我们哪里话多了，我们这是在合理使用自己的话语权！”

陆文杰看了眼秋子杉，“怎么今天你话也这么多！”

“只许州官放火，还不许百姓点灯哪！你是个暴君吗？”

“这里有一个脾气这么火爆的大姐在，我怎么敢自称暴君，我主动让贤。”

陆文杰话音刚落，夏雨随即飞来一个犀利的眼神，“陆文杰，你又欠揍了吗？”

“哎！”的一声叹息又响起，欧阳叹了口气，“我现在可是知道什么叫‘唯女子与小人难养也’了。”

“什么叫‘唯女子与小人难养也’？你们不也一样很难对付，那你们是女子还是小人了？”

“唉，这里的小人有‘小孩’的意思。”

“那你还是小孩啊？”

“在父母的眼中，无论孩子多大永远都是‘小孩’。世间万物可以变，也可以不变，对词的理解也是一样，取决于你看问题的角度。”没想到向来斯文的欧阳，居然还有这诡辩的才能，惹得陆文杰也不禁由衷赞道：“哎哟，有文化！不错哦！”

夏雨向来是好胜心强的，她的斗志已被激起，连忙反驳道：“既然结果是取决于你看问题的角度，你有你的角度，我有我的态度，凭什么我要按你的角度来理解。”

“我可没说一定要按我的理解来解释，我只是说它有另一种可能。既然变化是永恒的，我怎么可能将事物只局限于一种理解呢？”

“那照你这么说，世间的一切都没有标准答案了？”

“你觉得一切有标准答案吗？”

“为什么不能有？”

“为什么非要有？”

大家都无话可说了，因为这注定是一场谁都不会得出答案的辩论。大家还是专心玩牌吧，省得去理会那些不会有答案的问题。

客厅里的口舌之争渐渐消停了下来，大家专心将胜负放在了扑克牌上。半刻钟后，秋母大汗淋漓地从厨房走了出来，“吃饭咯，饭好了。”

大家没有上桌吃饭，嘴里虽答应得好好的，却迟迟不肯放下手中的牌。于是，秋母又劝了一阵，大家一句“马上”又过了好一会儿才上了桌。

近几年，秋父因工作原因，很少回家，往往十天半个月才见得到一次。他从来是个粗心人，家里谁过生日、什么纪念日他从来都不记。加之，女儿过生日，秋母也未通知他，所以今天就五个人一起吃了午饭，切了蛋糕。

八月的盛夏，是炎炎暑天。晌午时分，窗外的蝉儿也越发狠命叫嚷起来。大家伙吃完饭，回到客厅坐下，不禁打起了哈欠，秋子杉被母亲打发进厨房洗碗去了，大伙儿一时半刻也不知道该做些什么。这时，秋母却从厨房走了出来，她看见大家慵懒地坐在沙发上，昏昏欲睡，便问道：“你们要不要睡一会儿？”

大伙儿立马打起了精神，回道：“没事的，阿姨。我们不困！”

“那你们就先看会儿电视。”她走了过来，打开了电视，自己也坐了下来。

大伙儿正襟危坐起来。

一开始，秋母只问一些家长里短的问题："家在哪儿？父母是干什么的？家里有几个兄弟姐妹？"诸如此类，朋友们一一作答。秋母见此，礼貌地又笑了笑，才切入了正题，问起了女儿在学校的情况。

说到秋子杉在学校的状况，大家都拘谨了起来，看了看彼此，一阵支支吾吾，也没说出秋母想要的答案。于是，秋母又看了看大家，神情凝重起来，"前几天我去医院了，医生说我们子杉得了抑郁症。"

"抑郁症？"大家异口同声。

"是啊！抑郁症。"秋母长叹了一声，"医生说她的心里一直有个结，就是这个结导致她得了抑郁症。前两天我和她谈过了，可是这孩子什么也不说，我想你们是她的好朋友，会不会知道？"

大家左看看，右看看，心里好像有了答案，但却欲言又止。

秋母又看了看三人，没再勉强大家了。她话锋一转："哦！对了，这段时间真的要感谢你们。医生说她的情况好多了，还说多跟大家相处对她的康复更有帮助。我看到你们相处得这么融洽，就放心多了。"

"真的啊！"夏雨高兴得叫了出来。

秋母赶紧握住了她的手，满怀感激道："真的！特别是你，夏雨。子杉很少在我们面前提到什么朋友，但每次说到你，总是特别开心。"

"您放心吧！阿姨，我们会好好照顾她的。"

"是啊，阿姨！"

"看到她有你们这么棒的朋友，我怎么能不放心呢！至于这孩子，就看她的造化了！”说完，秋母也不说话了。

晚饭过后，三人一行才从秋子杉的家中出来。一路上，大家都一副若有所思的样子。忽的，陆文杰长叹了一声：“又要开学了啊！”

“是啊！”夏雨闷闷不乐的，看了一眼欧阳，“你在想什么呢？欧阳。”

空气中一阵沉默。过了许久，他才说道：“我在想子杉怎么得了抑郁症呢！”

大家不语。

夜，拉开了帷幕，月亮出来了，星辰也出来了，看来今晚夜空不会孤单。可是，黑夜有星辰、月亮作陪，我们呢？心灵的依靠在哪里？即使是最亲密的朋友，也无法同你面对那最真实的自我。而那份被掩埋的自我，就如同地上的影子，孤独地躺在凄凉的地上。

Chapter 15
/
冰释前嫌

秋子杉又何尝不是被自己编织的心结缠绕得无法动弹？杨玥已经放下了，她却依然困在结里，找不到出来的路。

九月本应是秋天，可南方的九月却是夏的延续，到处芳草萋萋、虫鸣鸟叫，唯独不见秋的萧索。但如果九月是快乐的延续，那一年尽是炎夏又何妨？令人惋惜的是，夏虽在延续，快乐的日子却一去不复返了。因为新的学年又开始了，大家都高二了。

不知出于何因，新学年开始，秋子杉的“睡病”又恶化了起来。每天醒醒睡睡，反反复复，毫无起色。

九月的一个下午，天气热得出奇，大家坐在教室，昏昏沉沉上着课，唯独秋子杉明目张胆地趴在桌子上睡着了。大伙儿对她嗜睡的情况早已见怪不怪了，唯有欧阳又陷入了沉思，小声嘟哝起来。

一旁的陆文杰见他一副“神神道道”的样子，看了看他，问：“你一个人在叨叨啥呢？”

欧阳回过神，愣了愣，“你看啊，子杉暑假的时候嗜睡的毛病明明都快好了，可是开学后情况又糟糕了很多，你说‘睡病’会不会和抑郁症有关？心结会不会跟某个人有关？”

“你又真相了？”

“我是说认真的，你觉不觉得和杨玥有关？”

“杨玥？”

“嗯！”

“所以呢？”

“你还记不记得去年‘那件事’？那件事不是让子杉很尴尬吗？你说这件事会不会是她的‘心结’？”

“你想干什么？”

正当两人谈得忘乎所以时，班上忽响起了他俩的名字：“欧阳、陆文杰你们两个在说什么？要不要也说给我听听？”班主任发现他们在说悄悄话了。

二人立刻端正了坐姿，面朝黑板。陈老师见他们不说了，也就不再追究了。

傍晚时分，大家本来是要一块儿回去的，没想到欧阳却说有事，留在了班里。陆文杰知道他是约了杨玥，所以就先和两个女生回去了。只是半路上，他犯了老毛病，多了一嘴，说了些不该说的。

“你猜欧阳干吗去了？”陆文杰“挑事儿”了。

夏雨知道他又要贫嘴了，随即回了一句：“人家肯定有人家的事，你管那么宽干吗？”

“是，人家可忙了，忙着找女孩子去了。”

秋子杉的心里“咯噔”了一下。夏雨瞪了一眼陆文杰，拉起了秋子杉的手就走：“子杉，我们不要理他。他净瞎说！”

陆文杰依旧没完没了：“人家估计在班级里打情骂俏呢！”

“打情骂俏？”这四个字忽如针尖般刺进了秋子杉的心。她不笑了、不说话了，整个人闷闷不乐起来。纵使夏雨安慰她，但那四个字早已占据了她的心扉，关于他和杨玥在班级里打情骂俏的画面不断浮现在她的脑海，她没办法控制自己。可是，越是这么想，她心里受的伤就越多，这突如其来的情感爆发彻底搅乱了她的心。最后，她竟借口东西落在了班里，回班上去了。

其实，欧阳去找杨玥完全是为了秋子杉。他以为杨玥是秋子杉的心结，希望杨玥出面帮秋子杉解开心结，至少让大家知道她不是假装晕倒的。虽说，杨玥是同情秋子杉的，但要她解释不就等于间接告诉全班同学自己是骗子吗？杨玥犹豫了。虽然她也曾后悔在好友面前埋怨秋子杉，但她也从未想过这件事最终会弄得人尽皆知！事情的发展也远远超过了她的控制！

班级里，欧阳望着杨玥一声不吭，又提议道：“你看可不可以这样说，你只说过子杉在半途中醒来这话，并没有说她假装晕倒，只是流言在传递的过程中走了样。”

“这不是又要撒谎吗？”杨玥心里犯嘀咕了。不是只有秋子杉，她也为了这件事饱受煎熬。的确，是自己错在先，可要她放下姿态跟秋子杉道歉，绝对是做不到的，毕竟她喜欢的人喜欢上了秋子杉，她没有办法假装不在意这件事。每天看到他们有说有笑，一起上下学，对她也是一种伤害。最重要的是，她没有勇气跟同学们澄清事实啊！毕竟，她犯不着为了一个无关紧要的人枉送自己的名誉。

正当杨玥进退维谷之时，秋子杉出现在了班级门口。只见，杨玥直勾勾地盯着秋子杉，慢慢贴近了欧阳的耳根，窃窃私语道：“我回去考虑一下，明天回复你。”

“他们果真在打情骂俏！”秋子杉心一沉，头也不回就离开了。

第二天，又是一个艳阳高照的早晨。秋子杉带着一张“深闺怨妇”的脸来上课了，同学们也陆陆续续到了班级，杨玥也来了。

秋子杉没看杨玥，也不愿再看到她。杨玥只是把书包塞进了抽屉，又站了起来，整理了会儿衣襟，定住了。

“她在干什么啊？”秋子杉偷瞟了她一眼，有点不耐烦。

只见杨玥深吸了口气，朝讲台走去了。

“她今天值日？还是要打扫卫生？莫名其妙！”

杨玥走上了讲台，突然面朝着大家。难道她有话要说？大家都回到了座位。早读的铃声响了。

杨玥很镇静，只是静静地看着大家不说话。班级里，渐渐安静下来，她也开口了：“抱歉！大家。浪费大家一点时间，有些话我想说一下。”她忽然紧张了起来，“其实……我早就该解释了。抱歉！一直拖到现在。”

大家有点丈二和尚摸不着头脑。

“关于秋子杉……去年晕倒的事，过了这么久，我想我还是有必要澄清一下。”杨玥抿了抿嘴唇，突然停住了，大家窃窃私语起来。“其实……我心里也一直觉得……挺……对不起她的，毕竟流言是从我这里传出去的。其实，一开始我也只是跟几个同学随便说了几句，没想到最后大家都知道了……其实……我心里也是很自责的。真的！其实……秋子杉……她没有假装晕倒，是我一时‘头脑发热’，才说她假装晕倒的……因为一直以来我都很不喜欢她。”

大家越听越糊涂，杨玥却越说越轻松，一种从未有过的畅快淋漓让她一股脑把话说了出来：“希望大家原谅我，也……希望秋子杉同学原谅我。”

杨玥松了口气，抿着嘴笑了。班级里却一片死寂，她的笑消失了，内心陷入了一种莫名的恐惧。她害怕，害怕大家不肯原谅她；更害怕大家从此会讨厌她、排挤她、看不起她。但是几秒后，班级里突然响起了雷鸣般的掌声，她哭了。她感谢大家，感谢大家对她的宽恕。那是她灵魂的救赎！

秋子杉在座位上，呆若木鸡。她惊诧杨玥居然会跟她道歉，而且还当着全班同学的面。居然是为了她。“难道昨天欧阳是和她在说这事儿？”她小声嘟哝着，心里也舒坦了许多。

听着班上雷鸣般的掌声，杨玥哭着哭着就笑了。也许人们会以为她这么做是为了秋子杉，可是只有她知道，这是为了她自己。

在面对了心灵的结之后，杨玥的心感到了前所未有的轻松。她觉得世间的一切是那么美好，她的心是那么轻盈，连呼吸都那么畅快。她是幸福的、感动的。此时，那颗心仿佛能包容下万千山水，甚至是对秋子杉的恨。杨玥突然看向秋子杉，好像那张脸也不那么令她厌恶了，反而对秋子杉心生了一丝怜悯。秋子杉何尝又不是被自己编织的心结缠绕得无法动弹？杨玥已经放下了，她却依然困在结里，找不到出来的路。

Chapter 16 / 叶落飘零

这年冬天，从不怎么下雪的南方也下起了雪，仿佛在哭诉一个悲伤的故事。

（一）

新学期，班主任不知出于何因把欧阳和陆文杰调走了，取而代之的是另外两个男生：福来和周绪。

周绪是一个很特别的男生，平时说话口无遮拦，上次课上便是他当着全班同学的面取笑了秋子杉。因此，秋子杉对他心存芥蒂。福来，本名姓福，因为父母希望他将来福气可以源源不断，便单名取了个来字，叫福来。又因为本地人常 f 和 h 音不分，故这名字又常被叫成“胡来”。日子久了，大家也觉得“胡来”更顺口，便不叫他真名了。再者，福来尽胡来，所以这个名字倒与他更贴切些。

自从他们来了以后，秋子杉的病情也更加严重了。毕竟，抑郁症患者的心灵是相当敏感的，周围任何的风吹草动都可能在他们心里掀起狂风巨浪。

周绪个子不高，身材扁平，平日说话口无遮拦。开学的第一天，他便拍着秋子杉的肩膀说：“哎！秋子杉同学啊，你怎么平白无故就得了抑郁症呢？我看你长得也还行，真是同情你啊！”

秋子杉听了之后，一脸尴尬，只好随便敷衍了句“我也不知道呢”便趴在桌子上装睡了。而周绪的嘴就像开了闸的水坝，根本停不下来。

“哎哎哎……你看你怎么又睡了呢，我这话还没说到一半呢！难怪你会得抑郁症，你看你要是起来和我多聊聊天，也不至于这样吧！你再起来好好看看我们这个可爱的班级，你看大家玩得多开心，你怎么忍心就这么睡着了，我真替你不值啊！哎，你真的起来多看一看吧！没准儿你的病就好了。说起你的病啊，这个抑郁症还真是奇怪，居然会让人动不动就睡着。不过啊，有时我还挺羡慕你的，想睡就睡。我这个人啊，就是精力太旺盛，性格太外向、太招人喜欢了，简直是没有办法……”

秋子杉睡不着了，开始胡乱地挠着头皮。这时，杨玥忽然转过身来埋怨道:“你的话好多啊，能不能安静点！”这下可好，惹祸上身了。

周绪看她主动“送上门”来了，转而将话锋指向了她:“杨玥啊，你说你上次干的那都是什么事，居然说秋子杉假装晕倒。哎！你安的什么心。不过还好，你知错就改，还向全班同学道了歉，也算是个好孩子呢！”

“那我是不是应该好好谢谢你啊！”杨玥恶狠狠地问。

周绪却轻飘飘地回答道:“谢倒不用了，你看我这人平时一贯低调，做好事从不张扬，不用客气的！”说完，便拿起了桌上的课本掩面偷笑起来，惹得杨玥无可奈何，只好把纸巾卷了卷，塞住了耳朵。

秋子杉因受不住周绪无休无止的声音，终于不装睡，起身准备走了。不过，她刚起身，就被周绪一把拉住了:“唉，你怎么就走了，难道是嫌我说话太无聊？”

“你能有自知之明真是太好了！”秋子杉的心里满满都是苦水。但转念一想，她还是没把话说出口，她实在是不敢自找麻烦。于是，只好苦苦笑道:“我想上厕所。”

“呵，原来是要上厕所啊！我还以为是什么事，去吧！”不过，她刚离开，他又叫住了她，“唉，要不要我陪你啊？”

“什么？”秋子杉瞪大了眼睛，“我没听错吧！”她赶忙摇了摇头，转身就跑了。她可真是怕他会跟来啊！

（二）

南方的秋天短暂得令人疼惜。十月中旬，天气转凉，南方迈入了初秋，秋子杉的心情似乎也随着这个季节的到来变得荒凉起来。虽说四人还是结伴上下学，但秋子杉还是觉得大家不一样了。

这天傍晚，四人如常回家，大家的气氛却异常古怪，就连平时话最多的陆文杰也变得沉默寡言起来。欧阳略感蹊跷，便问了句："今天大家怎么都不说话了？"

静默的空气有了回音："只是不知道说什么。"

"平时不也有没话说的时候？"

欧阳看了眼陆文杰，特意问了一句："喂！老兄。你怎么了？"

陆文杰愣了一愣，没听清欧阳的话。

"他估计不知道在想谁家的姑娘，想得出神呢！"

"是啊！你今天怎么了，陆文杰？怪怪的。"

陆文杰这才缓过了神，说了句"没事"，便又深思起来。现在，大家都笃定他有事相瞒。

"对了！我们好像很久没出去玩了，是吧？"

秋子杉的眼里突然泛起了光："是啊！"

"开学了，大家都很忙。"

"那我们什么时候再去呗？"

"我没有意见。"

“我也是。”

“你嘞？陆文杰。”欧阳又问了他。

他却心不在焉地“啊”了一声。这下，欧阳终于按捺不住了，问道：“你今天怎么了？好像有心事。”

“没什么！”他还是这句话。

夏雨因为素来与陆文杰有拌嘴的习惯，对他，她是从来口不留情的。虽说，陆文杰常是被损，但每次也能见招拆招，二人算是不分上下。这次夏雨也不例外。只见，她借机又取笑道：“指不定人家在想什么意中人呢！”

按照平时，陆文杰肯定会不知羞地说：“指不定那个意中人就是你嘞！”但是今天他没再嬉皮笑脸地回嘴，反而气愤地说道：“我不去了，我有女朋友了。”

大家目瞪口呆。

“谁啊？”欧阳满脸诧异，“怎么之前也没听你说过？”

“从明天开始我就不和你们一起上下学了。”

“为什么啊？有女朋友了？”秋子杉不解。

“前段时间……笛欣跟我表白了。”

“然后你接受了？”

大家都不说话了。

秋风习习，吹得树叶东摆西摇，听到陆文杰有女朋友了，夏雨突然安静了，她的心受伤了。她惊慌失措地看着他，仿佛是希望从那张冷峻不惊的脸上看到突然的嬉笑，但是他没有！那张脸，那么冰凉，那么冷漠，看不出半点玩笑。她知道他说的是真的，他有女朋友了，不是她！

过了一会儿，欧阳才问道："你们平时不是没什么交集吗？怎么这么突然？"

陆文杰却突然轻松了起来："平时有教她作业啦，她既然表白了，那就试试吧！"

"你要不要再考虑考虑？"秋子杉话音刚落，欧阳立刻便把话抢了过去："那你今后要跟她一起回去？"

"哦，她说介意我跟你们在一起。"

大家无可奈何了！面对这样的结果，他们唯有接受。

夏雨呆滞的目光望着前方，过了许久，她才小声对秋子杉说道："我想去买点东西，你陪我去吧？"

秋子杉听着夏雨有气无力的声音，知道她有心事，立马转身对欧阳说道："我和小雨想去买点东西，先走了。"

就这样，秋子杉带着夏雨先走了。走出不到五分钟，看他们消失在视野中，夏雨也停了下来，隐忍了许久的泪水终于喷涌而出了。这天，秋子杉看到了平日里那个如火般热情的玫瑰哭成了泪人，原来她也有脆弱的一面。

秋子杉抱了抱她，没想到叶落飘零的季节，人也会分离。"也许是时候说再见了，我喜欢的人。"

（三）

今年的秋天似乎注定是个多事之秋！虽说山城的树木依旧青葱，但毕竟秋风已萧瑟，寒冬似乎也要来了。

自从周绪、福来来了以后，前排的两个女生便是麻烦不断。周绪每天长话连篇，福来则时常变着把戏逗杨玥开心。但对于福来这样的“二赖子”，杨玥是提不起兴致的，所以福来每天是热脸贴了冷屁股，自找没趣。日子久了，他对杨玥便不再献殷勤了。

这天，福来一早来到班里，见前排只有秋子杉一人，便突发奇想要“搭讪”她一番。只见，他拍了拍她的肩膀笑道：“哎，子杉。”

秋子杉被他唬了一下，顿时皱着眉头，不悦了：“干吗？”

福来一见秋子杉满脸怒意，连忙安慰：“你不要紧张，我有事找你。”

“找我干吗？”

“你看你别紧张好吧，咱们都是同班同学，有事好好说嘛。”

“我和你又不熟，有什么好说的。”

“你看你别生气，别生气。我们是同学耶，还是前后桌，当然要增进同学之间的感情了，而且班级有这么多同学在，你怕什么？”

“对哦！有这么多人在，我怕什么？”秋子杉发现是自己激动过了头。

“你看你这样就对了嘛！”福来坐到了杨玥的凳子上，“要不，我给你变个魔术，压压惊？”只见，他掏出了一枚硬币，“我现在就要把它变没咯，你看好了。”说着，一眨眼的工夫，硬币果真没了。从未见过这种把戏的秋子杉，不禁惊叹了一声：“哇，好厉害！”惹得一旁的欧阳醋意四起，拿着书本到走廊去了。

临近上课，同学们陆续到了班里，杨玥也背着书包走了进来。她一见福来在她的位置上坐着，顿时拉长了脸：“麻烦请让开！”

福来一听是杨玥的声音，知道她不好惹，连忙恭维道："呦，杨大美女来了！快快快，请坐请坐。"

杨玥斜睨着福来溜走，自己也不急着坐下，而是从书包里拿出了一本书垫在凳子上，嘴里还不忘说道："我怕长钉子。"

福来"嘿嘿"了两声，拿起了书，就挡在胸前。

平日里，受尽了杨玥冷眼的福来，因日渐感受到秋子杉的好，越来越放肆起来。而与人缺乏交往经验的秋子杉，始终不明白这种行为在别人眼里意味着什么。

周五的傍晚，学校放了学，按照往常的日子，秋子杉是要和夏雨、欧阳一道回去的。没想到今天，半路却杀出了个福来，硬是把她拽住了。

"子杉啊！"他亲切地笑道，"我送你回去吧！"

"可是我跟欧阳、夏雨都约好了。"

"你们天天一起回去，偶尔让我送送嘛！"

"不用麻烦了。"

秋子杉要走，福来赶紧一把将她拖住了："不麻烦，不麻烦。"说着，又跟欧阳打了招呼，"子杉今天和我一块儿回去哈！"

欧阳一阵无话。

入秋以来，日渐短，夜渐长。放学不久，天便暗了下来。（8）班的门口，夏雨早已在等着欧阳和秋子杉。她一见欧阳一个人走过来，便问道："子杉呢？"

"她今天和福来一起回去了！"

“胡来，那个烂人？”

“他们最近关系好像很好呢！”

“哎！不会的。子杉怎么可能和那种人关系好？”

“好了，我也先走了。”

夏雨一愣，又无可奈何，只好道了一句：“拜拜……”

望着欧阳逐渐远去的背影，夏雨的心突然有了一种荒凉感，她眼睁睁地看着她的朋友一个接着一个离开。她长叹了一声！这个季节，这个天色，秋也浓了，天也暗了：“就我一个了！”

打从这天后，欧阳便很少和秋子杉一块回去了。对于欧阳突然的冷淡，秋子杉深感困惑：“难道他不喜欢自己了？”她这样胡思乱想着，丝毫没有意识到是自己犯了错。就这样，他们的淡漠从深秋一直持续到了寒冬！

（四）

冬天，对他们来说是一个温暖的季节。因为在这个季节，有他们甜蜜的回忆，还有他们一起走过的街道，可是今年冬天两人却要分道扬镳了。为什么？秋子杉不明白。直到这天早上，她才明白自己犯了多大的错！

清早，福来早早就来到了班里，像往常一样为秋子杉讲起了笑话。这时，周绪也来了。他见福来与秋子杉甚是亲密，有说有笑的，便一副洞察世事的模样说道：“胡来，你是不是在追秋子杉？要不然怎么每天和她打情骂俏？”

打情骂俏？怎么可能！秋子杉哑然失色。过了半晌，她才结结巴巴道：“你，你不要胡说，没有这种事。”她从未想过和福来会存在这种关系。教室里，同学们放下了书本，看“好戏”上场。

“没有这种事？那你说为什么胡来每天逗你开心，你如果不喜欢他干吗每天都哈哈大笑？”

“好了，好了，不要说了。”福来害羞起来。

看着福来脸上奇怪的笑，秋子杉慌了。“他怎么不解释啊？他为什么这么笑？”她又看了看欧阳，看了看大家，发现他们都在用诡异的眼神看着自己。每个人都像是审判者，在审视她的罪行。她的心更慌了，声音也颤抖了：“我没有，我真的没有。”

“好了，你就不要害羞了，我们都知道你喜欢人家，干吗狡辩！”

“我没有喜欢他，你不要胡说八道……我只是，只是以为这是同学之间的正常相处。”

“正常相处？正常相处有这样的吗？你是真傻还是假傻？”

秋子杉慌了，她不知道该怎么办，嘴里一个劲儿地说着：“我没有，我没有，你不要说了，不要说了……”她的双手紧张得无处安放，眼中一片空洞。

她抬起了头，朝不远处的欧阳望了望，她在祈求他的帮助。可是，他没有领会，只是远远地站着，与她保持距离。

“可不是我想说，而是事实就是如此，大家都有眼睛，都看得出来，你喜欢人家就喜欢人家，就不要再说这些话掩饰自己了。你看你现在表现得楚楚可怜的模样，是博大家的同情吗？”

“我没有！”秋子杉声嘶力竭地吼了出来，踉跄了两步，“我真的不知道是这样，真的不知道……”她的声音越来越小，身体越来越无力，最后竟扑通一下坐在了地上。这一刻，她终于明白了，为什么欧阳不和她说话了，为什么他突然躲得远远的了，原来大家都是这么认为的。是她的错，她的错啊！她无力地倚靠在桌角，泪水湿了脸庞。

教室里，人越来越多，看热闹的也越来越多。有那么多双眼睛盯着她，却没有一双能给她安慰。终于，欧阳的心被刺痛了，他再也不愿见她这样了。可是，福来却先他一步，他又却步了。

秋子杉一见是福来，情绪立马又激动了起来。她使尽了全身最后一点力气，嘶吼了出来：“你走开，走开啊！我再也不想见到你！”班级里，除了她的嘶喊，再也听不到任何声音。

这下，欧阳终于不管不顾了，他疾步走向她，扶起了她。她见他终于来了，颤抖的身心终于冷静了下来，抽噎道：“我真的不知道他是这个意思，真的不知道……”

“好了好了！没事了，没事了……”欧阳也哽咽了。

可惜，这样言语的安慰丝毫起不到作用，恐惧早已侵入她的骨髓。它就如同千万只蚂蚁一样，啃食着她的肉、她的血、她的魂。她偷偷地望着大家，有那么多双眼睛在审视她，每一双都要把她活吞了。她狠狠地拽住欧阳，脑袋用力地埋进他的怀里，再也不敢看任何人了！

这年的冬天特别冷，她一个人，仿佛置身于南极，无论她如何嘶喊、如何哭泣，始终了无生息。于是，雪越下越大了，风越刮越紧了，她的视线模糊了，泪水结成了冰，身体又动弹不得了。最终，她还是在这个冰天雪地的世界里睡了过去。

秋子杉的声音消失了，在这纷杂的世界里消失了。欧阳知道她这是又睡了过去。这一刻，他终于明白她为什么会“嗜睡”了，原来她是一个这么胆小的姑娘啊！胆小得连自己的人生都不敢面对了。

欧阳小心翼翼将秋子杉搀回了座位，杨玥也过来帮忙了。望着满脸泪痕的秋子杉静静地趴在桌上，欧阳轻轻地抚摸着她的长发，泪流满面。班级里，一片叹息。

这时，杨玥终于忍不住怒火，冲福来、周绪大声吼道:“你们两个还真臭不要脸啊，把事情搞得这么大，开心了吧，满意了吧？”

“你不要生气嘛！人家也不知道她病得这么重，以后不敢了。”

“你呢？胡来，你还敢不敢胡来了？”

福来用力地摇了摇头，手撑着桌角，双腿发软。

这件事以后，秋子杉便向学校请了假，每天待在家里。她知道同学们都误会她喜欢福来，甚至觉得她脚踏两只船。她再也不想见到他们了！

这年冬天，从不怎么下雪的南方也下起了雪，仿佛在哭诉一个悲伤的故事。她独自一人，有时发呆，有时哭泣，有时又昏睡，反反又复复，醒醒又睡睡，始终走不出困住她的那个结，反而又织出了新的网。难道人生在世，终究难逃一劫吗？

Chapter 17
/
岁末寒冬

天晴了，友谊的温度融化了冬日的积雪，也唤醒了沉睡的心灵。

小城是一座很小的城市。也许是因为小，时间变迁的事物少，留下的习惯也就多了。赶圩，就是小城的一项传统集会。每四天一次，各个乡镇轮流圩日，没有人组织，也没有人大张旗鼓。到了这天，大家不约而同就从各个乡镇赶来，叫卖的叫卖，买东西的买东西。集会上，没有什么像样的铺子，有的就是一辆拖斗的车，几块临时堆放的木板，甚至就是方寸之地，东西摆在上面，一个矮凳子，人坐在前面，看着来来往往的人，叫上一句："买菜哦！"

秋子杉向学校请了假，她不愿再去学校了。生活这么不近人情，她又敏感脆弱，自然处处都是伤，她想自己待会儿。

腊月二十三，学校放了假，还有不到七天就过年了，小城里的年味儿越来越浓。放了假的朋友因为要帮家里备年货，便没约时间去看秋子杉。秋子杉的家里因为也要买东西过年，便无暇顾及其他。再说，家里这么多事要做，秋母一个人也忙不过来，秋子杉当然要帮她分担分担。

又过了两天，大家稍稍空了一些。夏雨因为放假时给秋子杉打了电话，听了她软绵绵的声音放心不下。这不一有空了，就赶紧叫上了欧阳去看她。

他们去的那天，提前约在了秋子杉家楼下，夏雨提前几分钟到了，欧阳稍后带着陆文杰也来了。

快过年了，秋父也回家了。他们敲门的时候，是秋父给开的门。他们第一次见他，有些惊讶，脑中莫名浮现一句话：子杉真像她爸爸！

秋父向来不善言辞，平时也不爱说话，突然面对着一群和女儿一样大的同学，竟有些不知所措。或许是他平日里很少和女儿沟通，也或许是他生性使然，他保持了沉默。

彭城是个盛产茶叶的地方，每家每户都有喝茶的习惯。每当家里有客人时，泡茶聊天便成了一种习惯。

大家陆续在茶桌旁坐了下来，秋父坐在主位，为大家泡茶。他将茶杯一个个放在大家面前，又将大家的茶杯斟满，便看着大家“窸窸窣窣”地喝起了茶。

“叔叔，你不喜欢喝茶吗？”夏雨问道。

“哦！”秋父动了动面前的茶杯，“最近我肠胃不大舒服，喝茶喝得少。”

“不过红茶不是暖胃的吗？”

“哦！胃口差了点。”

“对了。”秋子杉突然问道，“期末考试你们都考得怎么样了？”

“我10。”

“你呢？欧阳。”

“21。”

“那你呢，陆……”

还没等秋子杉把话问完，陆文杰便脱口而出了一个“4”。

“哇！大家都好厉害啊。”

说完，秋子杉便沉默了。而秋父在听闻好友们成绩如此优异之后，突然找到了话题：“你们都这么厉害啊，以后我们子杉还要麻烦你们多多照顾了。”

“一定一定……”

大家都安静了。

过了一会儿，夏雨又问起来：“叔叔，您好像经常在外地工作哦？”

“是哦！”秋父讪讪地笑了。

或许是看到夏雨“反客为主”了，秋父终于意识到自己该找些话题来聊。只见，他绞尽脑汁“额……”了几秒，才问道：“你们都怎么过来的，坐车还是走路？”

“坐车。”

“那还好，最近这几天下雪了，天气比较冷。”

“是啊！我们这里都难得见到大雪了。”

“我们小的时候，雪可以下到三厘米厚，现在不行了。”

“是啊，现在只有北方才有这么大的雪了。”

“天气越来越热了。”

秋父的话匣子突然开了，借着下雪的话题，他和好友们聊了小时候、南北方的差异，客厅里的气氛渐渐缓和起来。

这时，房间里突然传来了秋母的声音：“子杉，叫你老爸来帮我洗下菜。”

秋子杉大声应了一句。不过，秋父就在她身旁，根本无须她的转述也听到了。所以，还没等秋子杉开口，秋父便起身笑道：“你们随意啊！”

秋父走后，大家都伸了个懒腰，夏雨也凑了过去和秋子杉一块儿坐。夏雨拉起了她的手：“亲爱的，你最近有没有好点？看你怎么瘦了一大圈。”

陆文杰看了看夏雨。

秋子杉微微笑了："没事的，你们不用担心，我下学期可以好好去上课了。"

"是不是上次班级的事？"陆文杰问道。

秋子杉不说话了。

"你傻啊，这有什么好怕的！"

"我不想见福来。"

"你怕他干吗？难不成他还敢吃了你？"

"淡定淡定。"夏雨不说话，坐在一旁的欧阳开口了，"没事没事，陈老师答应下学期把他们调走了。"

厨房里突然传来了争吵声，大家安静了下来，朝里望了望。只听见，秋母咄咄逼人的声音说道："如果不想洗就不要洗，我自己来。"

秋父浑厚的声音夹杂了许多不满："不是在洗了。"

"你要洗就好好洗，不然的话还不如我自己来。叫你做什么事都那么随便，说你几句还一副不甘愿的样子……"

"砰"的一声忽如雷响，秋父甩掉了手里的盆，客厅里的人吓了一跳，秋子杉手一松，赶紧捂住了耳朵。茶杯一落碎满地！

好友们不约而同又把目光移向了秋子杉。夏雨愣了愣，便握住她的手，说了句："没事了。"

两个男生互相看了看，喝了口茶。

秋父一脸讪讪地从厨房走了出来，看着客厅里的客人，不禁羞愧起来。只见，他满脸通红："你们要喝什么饮料，我出去买。"

“不用麻烦了，叔叔，外面冷着呢！”

“没事的，我出去了。”

门关上了。窗外，又下起了雪。客厅里，大家有说有笑起来。一阵玩笑后，夏雨忽望着窗外白茫茫的一片，兴致勃勃道:“亲爱的，我们出去玩雪吧！天气预报说，过几天就要晴了，雪要融的。”

秋子杉答应了，她知道夏雨是为了她好。

又过了两天，果真如夏雨所说，天晴了，雪融了，天渐渐暖和了起来。还有几天就要过年了，到处都是红红火火的。

Chapter 18
/
向死而生

往事，就如同一场酣梦，无论你是痛哭流涕还是畅言欢笑，终有醒来的时候。

正月里，过了立春，南方的天气渐暖。这天清早，小城陡然降温，刮起了冷风，仿佛又是要下雪的样子。夏雨担心秋子杉一人在家闷得慌，就约了她出门逛街。

小城很小，街区很小，道路也窄，人们只要随意花上个把小时就能逛尽。所以大多数年轻人都会选择离开，离开这里，去往一个更大的城市。她们也不例外！一年半之后，她们也将毫不犹豫地去往另一个城市，也许怀揣着梦想，也许憧憬着大城市的繁华。总之，时间到了，自然都走了！所幸，人们也很少怀念过去，大家都各自有了新的生活、新的轨迹。而往事，就如同一场酣梦，无论你是痛哭流涕还是畅言欢笑，终有醒来的时候。

两个女生走在街上，有说有笑。虽说是正月里，街道还算热闹。卖清明果的小摊，蹬着三轮卖麻芝粿的老板，油饼的香味，还有离开了又回来的人们，嘴里谈着过去的回忆。两个女生聊了聊学校里的新奇事儿，又说了会儿正月拜年的事，眼前却突然出现了两个熟悉的面孔。

夏雨不笑了，她变得严肃起来。秋子杉不知所以然，看了看她，又看了看前方，才知道原来是陆文杰。不过，他的身边还多了一个人，他的女朋友笛欣。

他们走了过来，秋子杉笑着问道："你们出来逛街啊？"

"是啊！"笛欣挽着陆文杰的手臂，"你们呢？"

"一样了。"

"你们都买些什么了？"

"没买什么，就是瞎逛逛。"

“夏雨呢？”

夏雨回过了神，看了看笛欣：“哦！没有。我就是和子杉出来逛逛。”

这时，站在一旁不说话的陆文杰开口了。他冷冷的声音，说了句：“走吧！”

夏雨没有看他。

笛欣露出了笑容：“那我们就先走咯！”

大家愉快地告别。

“终于走了！”他们一走，秋子杉就松了口气，扭过头想对夏雨说，“我们再去别的地方逛逛吧！”不料，夏雨却不笑了，也不说话了，秋子杉知道她有心事。

临近中午，天越来越暗，风也越刮越紧，道路两旁的树叶被吹得哗哗直响。街道上，来往的行人渐少，营业的店铺也关了门，两个女生便打算回家了。只是不巧，她们往车站走去时，又碰到了陆文杰。这会儿，就他一个了。

夏雨小声埋怨了句“真倒霉”，便被秋子杉拉着往前冲了。

秋子杉有些兴奋，夏雨的脚步又太慢，她只好把她落下，自己跑到他身后，拍了拍他的肩膀：“怎么就你一个了？”

陆文杰一看是秋子杉，又瞟了瞟不远处的夏雨：“变天了，我跟她说我先回去了。”

“我觉得她心里一定在骂你。”

“随便吧！”

秋子杉见陆文杰对她爱理不理的，讨了没趣，就又回到了夏雨身边，挽起她的手在风中等车。

“下雪了！”夏雨掏出了手，忽说了一句。

“是啊！”秋子杉也掏出了手，“只可惜一会儿就化了。”

“我们快回去吧！好冷啊！”

正月里，公交车本来就少，加上今天天气奇差，公交车就更少了。偶尔路过几辆私家车，两人只能望而叹息。好不容易等到了一班公交车，却是个空车、不载人。两人立在风中，一边嚷嚷地怨着今天的怪天气，一边又紧紧贴在一块儿互相取暖。忽然，一辆急匆匆的公交车冲进了大家的视野。夏雨一见，赶忙拉着秋子杉就往后缩：“我们往后退退，这车开得怪冲的。”

车站里的人招手，司机先生看见了，立马就踩了刹车，把车停下了。

随着一阵冗长的“嘶叫”划破冰冷的空气，车门开了。她们本来是不想上车的，奈何天冷，车又少，她们只好乖乖跟着陆文杰上了车。

公交车上没有几人。她们刚上车，还没坐下，车门便“砰”的一声关上了，司机先生又启动了他的车子，一路狂奔起来。两个女生一个踉跄，直接摔在了座位上。“该不会是劫车吧？开得这么凶！”秋子杉开始胡思乱想起来，她看了看车厢，只有零星的三五个人，她越想越觉得这是电影中劫车的场景。她紧紧地抓住了夏雨的手，小心地注视着车里的一举一动，仿佛就是在等着某个时刻某个人突然站起来说道：“不许动，把钱全部交出来。”

可是，生活毕竟不是电影。她没有等来电影里的情节，生活有生活的意外。一个突如其来的急刹车将车里的安静彻底驱除了个净。车子不再狂奔了，大家不再胡思乱想了，司机先生踩了急刹车，车上的人被颠得东倒西歪。她们坐在椅子上，双手紧紧地拽住前排的背椅，车子冲向了天空。

秋子杉再也来不及去想什么电影里的情节了，此时的她，脑中一片空白。或许她们就要这样死掉了！恐惧、求生的本能，让她们死死地抓住救命的稻草。

终于，车子停了！它越过护栏，狠狠地摔在了人行道上。车里的人惊魂未定，大家总算是有惊无险。

司机先生下了车，面无表情地走到车前。刚刚的惊慌没有在他的脸上留下痕迹，他看了看地面，拿起手机，说了几句话，就把电话挂了。车上的人惊魂未定，再也来不及顾及什么了，车停了，他们就赶紧下车。

人群渐渐蜂拥了过来，下车的人一头雾水。车上的人已经安全，他们还跑过来干什么？他们不解。不过，鞋子踩在地面又抬起的那一刻，他们就明白了。脚底重重的，一摊血正从车底汩汩往外流。

听人们说，司机先生为了躲避一位急匆匆过马路的学生出了车祸。谁曾想到，躲过了一劫，又生了另一劫。那逃脱掉的是一条生命，那车底下压着的三具身体又何尝不是生命。

三人含着泪走了出来。他们从不曾想过自己走出的每一步都建立在了别人的生命之上。为何生命如此脆弱，上一秒还存在的，这一秒就消失了。他们愕然，他们不解，那远去的，是什么？那存在的，又是为了什么？

有时，生命就是要用一个忧伤来让你明白另一个忧伤，虽然你泪流满面，但也了悟了。

Chapter 19
/
春雨归来

（一）

有时，生命就是要用一个忧伤来让你明白另一个忧伤，虽然你泪流满面，但也了悟了。于是，你又流下了幸福的泪水。就这样，看着你，哭着哭着就笑了，心灵却在污浊的泥土里开出美丽的花。最后，你还说感谢生命让你经历了痛，因为你更加热爱这世界了。这次的车祸不仅让秋子杉的抑郁症好了起来，就连她的“睡病”也一块儿治愈了。

重返校园时，已是春雨季节。在这样一个好雨时节，处处弥漫着春雨过后的清新。雨水冲刷过的鹅卵石，岁月洗礼过的老房子，泥土里的芽尖儿，还有不知从哪儿飞来的燕子，弥漫了整个春天。而这一切一切的改变，在校园也在悄悄发生。

高二下学期，陈老师将周绪和福来调离了原来的座位，取而代之的是宋元和他的同桌张景庄。宋元是个粗汉子，皮肤黝黑，身材魁梧健硕，看起来是一位莽莽大汉，实则为人十分憨厚，深受大家喜爱。张景庄，是宋元的同桌。虽是同桌，性格却迥然相异。或许是他名字的缘故，常常被人取笑，因此养成了不爱说话的习惯。当然，除了名字“奇怪”，更让张景庄为人“津津乐道”的还是他的长相。

张景庄长得真的很奇怪。背似弯弓，肩若削成，明明是七尺男儿，却总让人觉得那是一副女儿家的身板。他平时喜欢留长发，将那双又大又圆的眼睛埋藏之下，偷偷看人。夏雨就常常开玩笑说他看起来阴沉可怕，让人不敢靠近。

开学的第一天，秋子杉低着头进了班。因为来得早，班级里没几个人，宋元一眼就看到了她，惊喜道：“你怎么回来了？”

秋子杉笑了笑，回到了座位："你怎么坐到这里了？"

"是班主任安排的，上学期期末就讲了。你可以不用再烦那两个人了。"

秋子杉讪讪地笑了。

"对了，现在怎么样了？"

"啊？"秋子杉没有反应过来。

"抑郁症……"

"哦……还好还好！"

"那就好。"

说话时，梓樱和楚楚进班了，她们一见秋子杉回来了，立刻放下书包走了过来，抱了抱她："你终于回来了！我们都好想你啊！"

"是啊，可想你了。"

秋子杉没想到，她离开的一段时间还有人挂念她，顿时笑靥如花："不是回来了吗？"

"怎么样？医生怎么说了？"

"好多了。"

"那就好，这学期可要好好的了。"

秋子杉点了点头，笑了。看来，新学期有新气象！她望着一个个熟悉的面孔走进这个熟悉的班级，内心不禁有种亲切感。曾经在这里发生的不堪往事，都会过去吧！她会有新的生活。秋子杉这样想着，门口突然出现的一个声音，把她拉回了现实。

"亲爱的，你终于回来了，我可想死你了。"

秋子杉猛地朝门口望去，原来是周绪，他手舞足蹈地朝她飞奔过来，一把抓住了她的手，委屈巴巴起来：“你看你一走就这么长时间，人家想见你都见不到了。”

秋子杉、楚楚与梓樱都未与周绪深交过，所以他这突如其来的亲昵惹得三人鸡皮疙瘩掉了一地。秋子杉赶忙推开他的手，礼貌地笑了笑：“谢谢啊！”

“其实吧……”周绪忽然摆弄起自己的手指来，“人家是想和你道歉来着的！”

“啊？”大伙儿目瞪口呆。

“你不要这样嘛！你倒是给句话啊，人家都知错了，来道歉了。”

秋子杉这才反应过来他的目的，急忙回道：“没关系没关系，我已经忘了！”

“真的吗？”周绪又一把抓过了秋子杉的手，“人家就知道你最好了。”惹得班上的男女同学们都用奇怪的眼神盯着他们。

秋子杉看了看大家，赶忙挣开他的手：“男女授受不亲，注意形象啊！”

周绪这才摸了摸自己的手：“人家就知道你最好了。”他又习惯地想去抓秋子杉的手，秋子杉一躲，他又把手收了回来，“你放心，以后只要有我周绪在，不会再让人欺负你。”

“嗯哼……”的一声忽从身后传来。

周绪一听这熟悉的声音便知道是谁来了。他顿时扭过头，嬉皮笑脸起来：“哎哟，是杨姑娘来了啊！”

杨姑娘对他并不感冒，爱答不理地“哦”了一声，便草草了事。

没想到，周绪忽然一本正经起来：“杨玥同学啊，你看我们亲爱的秋子杉同学呢，大病刚初愈。虽然我知道你们过去关系不太好，但我呢，作为她亲爱的同学代表，还是有责任请你好好照顾她的。毕竟我呢，是个有责任心又仗义的好男人。”

“好男人？你确定？”

周绪知道她话中有话，想要趁机腌臜他。于是，跺了一脚，说了一句“讨厌，人家当然是了”，便识趣离开了。

快上课了，同学们都来了，互相打趣的打趣，闲聊的闲聊，仿佛许久不见的老朋友，有许多心里话要一块儿说，班级里突然洋溢着一股和谐安宁的气氛。秋子杉也终于感觉到了原来这个班级还有美好的一面啊！望着黑板，她不禁笑了。

“你还好吧？”

空气忽传来一声问候。

秋子杉扭过了头，是杨玥！她没有看她，她的眼睛盯着桌上的书本。她还是那个高傲的她。

“哦，我现在很好！”她笑得更灿烂了。

（二）

张景庄真的是一个很奇怪的人！凡是见过他的人都会这么说。不是喜欢或者不喜欢的问题，而是见了他的人都会这么觉得。他平时很少说话，也很少看到他跟别人说话；下课的时候经常看到他坐在凳子上一动不动。

近来，由于两个女生的交流日渐多了起来，张景庄又坐在她们后排。这样，他便有了很多时间观察她们。虽说两个女生常常都被他那怪异的眼神吓到，但又不得不承认，她们两个的关系因为他变得更好了。

记得有一回，下课了，秋子杉在问杨玥课后作业。杨玥眼睛斜斜地看着书本，嘴里回答着她的问题，忽觉察到身后有一双眼睛在盯着她。她转身一望，居然是张景庄！她随即对秋子杉使了个眼色，秋子杉愣愣不知何意，便也转过了身，忽见张景庄正瞪大了眼睛在看她们。秋子杉吓了一跳，赶紧往后缩了缩。他的那双眼睛还真是可怕，又圆又黑，给人感觉就像是白日里的鬼神一般，让人看了头皮发麻。

杨玥回头又瞟了他一眼，心里暗暗骂了他一句“神经病”，便不愿理他了。自此，两个女生对张景庄是又怕又恨。

每周五的傍晚是班级大扫除的日子，每周两桌同学负责打扫卫生。这周五，恰巧轮到了秋子杉、宋元两桌值日。也许是寒假的经历，使得秋子杉比以往爱笑了，打扫卫生时，与宋元有说有笑的，东一句，西一句，聊得有模有样。杨玥偶尔也插几嘴他们的谈话，秋子杉都笑容满面地回答，总体来说，大家和乐融融。不过，这四人中有一个人是不说话的，张景庄只默默地擦了黑板、桌子，又扫了地，宋元问他话时，他也只是喏喏地应付几个字。他和人说话，是不看人的，每次头都歪歪地盯着地面，每次说不上几句话，又走了。所以，他手头上的活儿很快就干完了。可是他也不急着走，反倒是拿起了畚斗，又替他们扫垃圾去了。等秋子杉准备去倒垃圾时，他又一句话不说，拿起了畚斗就往外走。惹得秋子杉呆呆地望着他的背影，没想到他还是一个热心肠！

“他人很好的！”宋元看着满脸吃惊的秋子杉，使了个眼色：“只是比较内向而已。”他收拾起角落的扫把来。

南方的春天雨水多。当然了，冬天也是，只不过比春天少了一丝暖意。宋元收拾好角落的扫把，舒展起筋骨来：“等张景庄回来一起回去吧！”

两个女生“哦”了一句，便回座位坐下了。这会儿，大家活儿都干完了，在座位休息，一会儿翻翻书，一会儿又看看手机。她们突然想到了张景庄，好像这个人也不是那么可怕嘛！虽然其貌不扬，行为也常常令人匪夷所思，但也不是一点优点也没有。

这时，从楼道隐隐约约传来了脚步声，一阵又一阵，越来越清晰。

是张景庄回来了！他提着畚斗走进教室，发现大家都坐在座位上，有些意外：“你们都还没走啊？”

宋元说：“等你啊！”

他抿了抿嘴，收拾起卫生角来，又过了一会儿，才回到座位收拾起书本来。收拾完看了看大家，见大家都还在“忙”，他又等了等，才看着大家说道：“我……好了！”

宋元心不在焉地回了句：“好！”便继续翻着他手机里的信息。

两分钟后，大家陆续站了起来，才准备一起回去。

最惊讶的莫过两个女生了，她们从未想过有一天居然会和张景庄这个“怪人”一起回去，她们觉得眼前的这一切有些令人匪夷所思，难道是自己以前对他有偏见？她们想要更进一步了解他。

“你家在哪儿啊？”杨玥问。

张景庄有些难为情："我现在住在火车站，我姑姑家。"

"哦！那你老家在哪里？"

"五夫镇。"

"你家就你一个？"

"嗯！"

"那你爸妈呢？"

"他们在外地。"

"对了！"宋元突然叫嚷起来，"你知道他老家吗？"

秋子杉满脸疑惑："知道什么？"

"他们家有一片特别大的荷花塘，夏天花开起来，特——别美。"

"真的吗？"

张景庄点了点头。

"真好！"秋子杉羡慕起来。

"你们也喜欢荷花？"

"嗯！"

"那暑假可以一起来我家玩啊！"

"真的？"

"嗯！暑假刚好宋元、欧阳他们也要去我那儿。"

"那这样干脆就多叫一些人，大家暑假一起玩，多热闹！"

"也可以！"

“那杨玥也一起来咯！”

听到宋元突然叫到自己的名字，杨玥愣了愣。没想到大家也愿意叫她一起去玩，她点头答应了，心里是高兴的。

曾经受过的伤，会让我们更懂得如何保护自己，也给我们向前一步的勇气。

Chapter 20
/
伤者自伤

季春时节，雨水渐少，天逐渐热了起来。随着几个月前陆文杰宣告单身，女生们已经适应了没有他的群体。本以为，生活从此相安无事，你走你的阳关道，我过我的独木桥，大家各不相干。可是，近些日子，陆文杰又成天和欧阳黏在了一块儿，每天一起回去，不知道在说什么悄悄话。

这样的日子持续了一段时间，有一天傍晚，欧阳没有和陆文杰一起回去，他约起了秋子杉和夏雨。女生们虽说觉得有些奇怪，但念在往日的交情上，也勉强答应了。只不过，这天傍晚欧阳出现时身边还多了一个人。

“你怎么来了？”秋子杉惊讶起来。

“怎么？不行啊！”

“我又没说不行，我只是好奇而已。”

“好奇心害死猫！”

“你……”

“好了，不准再问！”

秋子杉的话被噎了回去，她不解气，就囔骂了他两声。偷骂他之际，夏雨叫着子杉的名字也进了（7）班，没想到一进班就看见了陆文杰。顿时，她的脸一沉，没了好心情。

夏雨一声不吭地走到秋子杉面前，看看她还在忙什么。听到秋子杉说马上可以走了，就急着帮她收拾起东西来。秋子杉偷偷看了夏雨几回，想看她是不是不开心了，可夏雨脸上没有表情，只是忙着帮她收拾东西。

陆文杰朝欧阳的座位走了去，欧阳对他使了个眼色，陆文杰没有回应。

秋子杉的东西装好了，夏雨拉着她就往门口走了去。秋子杉回头看了看欧阳，她不想把他落下，便又怯怯地对夏雨说了句："欧阳他说要跟我们一起回的。"

夏雨没有搭理他们，只是愤愤地说了句："他们不是有脚吗？"

秋子杉顿时松了口气："那你们快点！"就和夏雨先走了。

看着女生们走了，欧阳拍了拍陆文杰的肩膀，笑了笑："走吧，兄弟！"

陆文杰便面无表情地跟了上去。

两个男生跟在两个女生后面。一路上，夏雨都没怎么说话，一副若有所思的样子。秋子杉偶尔转身看看他们，偶尔又偷瞄夏雨几眼。她想跟夏雨说点什么，又怕说了不该说的。

"今天天气好好哦！"秋子杉突然抬头望了望天。

"是啊！"夏雨没有看她。

"要不，我们逛会儿街再回去吧？"

"不了，今天作业好多。"

"哦！那我们还是回家吧！"

秋子杉没再问她话了，她知道夏雨心情不好，只是闷闷地陪着夏雨往前走。这时，欧阳突然追了上来，像个傻子似的挡在她们面前。秋子杉瞪大了眼睛看着他，仿佛在问："你在干什么？"

欧阳结结巴巴起来："夏雨……那个……我有话想跟子杉说……"

夏雨顿时明白了他的意思，她是识时务的。于是，转身就对秋子杉说道："那我就先走咯，拜拜！"

秋子杉红了脸。

夏雨一走，陆文杰就追了上去。秋子杉满脸疑惑地看着陆文杰从她面前经过，欧阳坦白道：“其实是陆文杰有话想跟夏雨说……”秋子杉这才明白，原来她才是那个“多余的”。

陆文杰三步并做两步追上了夏雨，他走到她身旁时，夏雨眼角的余光也瞥见了他，只是没搭理他。陆文杰见状，立马嬉皮笑脸起来：“美女，走这么快啊！”可惜，有些事不是你嬉皮笑脸几句就能回到从前的，大家都没了那时的心情。

“请你喝杯茶呗？”

夏雨还是不说话。

“前面新开了一家奶茶店，请你喝？”

“干吗突然这么好！”

“跟你说一些事呗！”

“现在不能说吗？”

“这不怕你渴了吗？”

夏雨“切”了一声，就不想搭理他了。她可不吃陆文杰那套花言巧语。

陆文杰知道好言好语是没法劝动她了，索性不管三七二十一，推着夏雨就往奶茶店里跑：“好啦好啦！别生气了。”

夏雨眉头一蹙，晃了晃，便甩开他的手，自个儿往店里走去了。

“你要喝什么？”

“随便！”夏雨气哄哄地找地方坐下了。

夏夜将至，白日渐长，虽说已是傍晚时分，西行的落日却依旧耀眼夺目。陆文杰拿了两杯奶茶走了过来，夏雨却看也不看他一眼："有什么就快说吧，今天作业多着呢！"

"来，我给您老人家把吸管插上。"

她一把将奶茶抢了过来："我自己有手！"

陆文杰坐了下来。

夏雨吮着吸管，眼睛没有抬起来。

他看着她。

夏雨不耐烦起来："有什么就快说吧！"

陆文杰没有马上接过她的话，仍是静静地看着她。那双眼睛，那么明亮，愣是在夏雨的眼里看不到他。陆文杰叹了一口气："以前……我喜欢过一个女生，毫无保留的那种喜欢，尽我一切可能对她好，为她做各种事。她也接受了我对她的好，我以为她也是喜欢我的。"他冷笑了一下，"可是……结果并不是，她喜欢的是别人。那时候，我真的很受伤、很难过。我觉得我对她付出了真心，她不喜欢我至少也应该拒绝吧，而不是一味地接受我对她的好，把我伤得那么深……也是那个时候，我决定再也不要这么愚蠢地轻易就把真心掏给别人，任人糟蹋。"

夏雨偷偷瞄了他一眼，带着几分怜惜。

"其实……我清楚自己的想法。只是，还不太确定你的而已。"

夏雨猛地抬起了头，他没有看她。

"其实，那天我拒绝了笛欣。不巧，那天你又开我玩笑，说我在想别的女生。我很生气，也很受伤，觉得一直都是我在自作多情。所以，当时就说了气话说我和笛欣在一起了。”

“既然已成事实了，还说这些干吗？”

“人嘛！”他又深深地叹了一口气，“总会学乖的。受过伤了，就会懂得保护自己。我只是不想再被一份没有回应的感情伤害而已，这样有错吗？”

夏雨静静地听，陆文杰继续说道：“我知道你很聪明，知道自己想要什么，不想要什么。你会那么说，应该是对我没有感觉吧！”

“我们不是一直那样开玩笑吗？”

“是啊！或许是我太较真了！”

“或许是我们都太聪明了，把自己保护得太好了。”

陆文杰一惊，也看了看她。

“你这么说，是对我……”

“所以，你后来又接受了她？”

“嗯！我想也许可以试试。”

“那现在又说这些干什么？”

“跟她在一起后，我本来觉得自己可以接受她的，但发现事情并不是那样！我更不快乐了。我们经常吵架，我经常忽略她的感受，总想着要跟你说话，却发现你我之间的距离已经渐行渐远……”

“所以，再说这些有什么意义呢！”

“我知道……但我自始至终喜欢的都是你啊。”

“你已经选择了她。”

“我和她说清楚了，我喜欢的人是你。”

夏雨盯着陆文杰：“你不该这样对她的。”

“我知道！”

“你太自私了，凭什么大家要被你这样伤害？”

陆文杰不说话。

夏雨深吸了口气：“她恨你吧？”

“嗯！”

“你伤害了她。”

“嗯！”

“也伤害了我。”

“嗯！”

夏雨又顿了顿：“或许，我也伤害了你吧！”

“嗯？”陆文杰愕然。

“天黑了，我们还是回去吧！我想我们都需要一点时间，好好想想……”

夏雨起身，准备要走。陆文杰也站了起来：“那今天的事……我们？”

“再说吧！”

夏雨先走了，陆文杰又坐了下来，沉思起来。

百花开在春天，荷花却盛开在夏季。正因为它的不同，才更容易被人记住。人也一样，坚持自我的人定然会与众不同。

Chapter 21 / 夏日赏荷

小城是座山城，四面环山，由于商业不发达，人口也不多，所以也少有高楼大厦。但正因为如此，人们能身处闹市中，不经意地一抬头、一远眺，就能看见远方连绵不断的山峦。

小城的山峦连着天也接着水，山山水水，草草木木，小城吸引世人之处莫过于此。但少有外人知道的是，这里除了山山水水之外，还有一种花，它是这里的花魂。只因她向来离群索居，久居乡野之地，故不如那山水亲近人。

六七月是荷花盛开的季节，学校放了暑假，张景庄果真邀请了数十位男女同学到他家做客。夏雨素来与（7）班感情和睦，故也在邀请之列。

这天一大早，同学们配备好装备就相约坐车一同前往五夫镇了。五夫镇，是张景庄的故乡，也是这座城市荷花开得最好的地方。近几年，由于她的美名渐为人知，所以一到夏天，慕名而来的人也就多了起来。

荷花的花期很短，往往就是一两个月。到了八月，荷花凋落莲蓬现，就又到了采莲子的时节。得益于五夫镇天然的地理位置及优质的土壤，这里的白莲比其他地方的莲子口感更好些，夏日煮粥、冬季煲汤都是极好的。

小镇距市区大约半小时的车程，虽说是早上八点出发，到的时候天气还是热了起来。从位于镇中心的停车点出发，大约走上十五分钟就能看见田野。如果还想看到荷花，就得耐着性子再走一会儿了。

荷花塘的中间有一座凉亭，名叫坐忘亭，平时供人乘凉赏花用。坐忘亭名字的来由，据说是为了让坐在亭子里赏花的人忘记时间，忘了世间一切烦恼。至于效果如何，那就仁者见仁，智者见智了。

同学们一到了田野，还来不及赏花，就急忙跑到凉亭纳凉去了。秋子杉和夏雨因有话要说，就不和众人待一块儿，往田边的小径走去。

由于那天欧阳已将事情原委告诉了秋子杉，秋子杉想着过了这么长时间夏雨还没表态，就急着知道夏雨的想法。是原谅陆文杰呢，还是继续不理他？

“你和陆文杰怎么样了？”秋子杉看了看夏雨。

沉闷的空气静默了一阵，夏雨长叹了一声：“我还没想好呢！”

“嗯！没事，那就慢慢想。陆文杰也真是的，搞不懂他脑子里想的都是什么！”

“是啊！令人捉摸不透。”

“嗯！”

“毕竟不是每个人都敢真真实实地活着。”

“你就是啊！”

夏雨笑了笑：“你把我想得太好了！”

“才没有呢！”秋子杉不愿承认，夏雨也不想过多地与她辩驳。于是，话题一转，又扯到了秋子衫的病上：“哎！对了，子杉。医生说你的病痊愈了，是吗？”

秋子杉笑了笑：“是啊！医生是这么说的。”

“那嗜睡的问题现在也是全好了？”

“嗯！”秋子杉扭过头看着田野里的荷花。

“真的啊？”夏雨露出了笑容，“那就太好了！”

秋子杉也微微笑了。

七月的艳阳天，空气一片火辣，同学们在亭子里不时传来阵阵笑声，引得路人纷纷驻足观看。今天，大家一起出游，是要野餐的。宋元给每个男生分派了任务，大家便各自忙开了。欧阳和陆文杰忙里偷闲间说起了悄悄话，毕竟是情窦初开的年纪！

欧阳用手肘推了推陆文杰："喂！你们怎么样了？"

"什么怎么样？"陆文杰装傻。

欧阳环顾了四周："夏雨啊！你们都缓了这么长时间了。"

"哎！"的一声又起。都是多愁善感的年纪，动不动就长吁短叹，一声又一声。陆文杰说道："还不知道呢，她说她需要时间想想。"

"这要想到什么时候啊！"

"皇帝不急急死太监。"

"你确定不急？"

"嗯！"

陆文杰倚靠在柱子上，不说话了。田野里，蝉儿杂乱无章地乱叫，一阵风刮来，带着夏天的温度，心燥热难耐。陆文杰站了起来，活动了活动筋骨："好了，不想了。你还是多担心担心自己吧！"

"我有什么好担心的。"欧阳害羞了。

"担心子杉又被人追去了啊！"

"不会不会！"

空气突然又轻松了起来。

“哦！对了……”欧阳忽然问起，“上次夏雨为什么送满天星给子杉啊，她喜欢？”

“怎么，想投其所好？”

“没有没有……”

“应该是吧！初中时记得她写过一篇文章，自比是墙角里独自盛开的满天星。”

“额……”欧阳沉思了半晌，“像她一贯的风格。”

“孤僻、自卑是吧？”

“别说得那么难听。”

“但是事实，对吧？”

欧阳无话可说了，因为他说的的确是事实！

“那如果要把她俩比作花，你觉得她们是什么？”

陆文杰诧异地看着欧阳：“你怎么问这种问题？”

“就是好奇你怎么想的。”

陆文杰挠了挠腮帮子：“我觉得夏雨是玫瑰，热情、勇敢、无畏，无论走到哪里，她都耀眼夺目，不容忽视。”

“这个很贴切。那子杉呢？”

“你是想听秋子杉的吧？”

“好好说，好好说。”

陆文杰又正经了起来：“秋子杉嘛，就满天星吧！孤僻、自卑。”

“玫瑰不也带刺吗？”

“哎哟！这么护着她！”

欧阳腼腆地笑了笑：“我觉得满天星不太适合子杉，我倒觉得她更像是这出水芙蓉。”

“呦呦，出水芙蓉？说得这么动听啊！”

欧阳挠了挠头，笑了：“她总是和周围的人保持着一种距离，就像这满塘的荷花一样，只可远观而不可亵玩焉。”

“关键是孤僻！”

“也许正是这样的性格使得她不屑讨好别人，安心做自己。”

“但这样的人走在人群里，也容易被忽视。”

“我倒觉得正是因为这样，她才会在人群中显得更加独树一帜，与众不同。”

“你那是情人眼里出西施！”

“没有没有……其实，我觉得吧！这世上的每个人都是与众不同的，只是大多数人相似的太多，不同的太少；而有的人就是和别人不一样，就像这满塘的荷花一样。别的花都生在陆地，她却偏偏长在水里。百花开在春天，她却盛开在夏季。因为她的不同，才更容易被人记住。”

陆文杰点了点头。

“坚持自我的人定然会与众不同。”

“话虽如此，只可惜敢于坚持自我的人太少了，因为大多数人都找不到自我，只能随波逐流。”

“是！所以我才觉得子杉更难得。”

“你确定秋子杉是这样的人？你不要把她想得太好了。也许她从来就没执着地坚持过自我，她向来孤僻的性格给你的错觉吧？”

欧阳愣了愣：“也许她还不是，但一个人走路，是很艰难的。她现在敢如此，今后我相信她也一定有勇气走出自己的路。”

“好吧！爱情还真可怕，你的想象力更可怕。不要把你的幻想投射到另一个人身上，你会失望的。找到自我不是一件容易的事，坚持自我更是一件需要勇气和智慧才能坚持的事，而我相信秋子杉不是这样的人。”

“现在不是，并不代表未来不会是啊！”

“好好好！你怎么说都对。”陆文杰不与欧阳争辩了，他觉得爱情已经让他失去了判断力。他愣了几秒，忽又反问道，“你一直在说自我，那你觉得什么是自我？”

欧阳顿了顿，想了想：“我觉得自我就是能让你拒绝外在一切事物，回归到那个只有我的世界。而那个能让你拒绝一切诱惑的东西，就是你内心最真实的诉求，那个我就是真我。”

“难怪你会说秋子杉敢于坚持自我。相信我，那只是孤僻。你说的那个是意识层面的东西，但她是无意识的。”

两个人辩得越来越激烈起来，这时宋元趁机从后面拍了拍他们的肩膀：“你们在说什么？这么激烈。赶紧过来帮忙了！”

话音刚落，两人还没回话，宋元又大惊小怪起来：“你们快看，胡来又去找子杉了。”

欧阳才猛地一惊，发现夏雨竟独自朝亭子回来了。陆文杰见状，便故意用手肘推了推欧阳，又朝他挤眉弄眼了一番。他倒是不嫌热闹！

夏天的风是燥热的，吹得人心烦意乱。欧阳想过去来着，却又被陆文杰一把拉住了:“这么多人，他不敢乱来的！”

“他怎么会来？”欧阳满脸不悦起来。

“他说他想来，我又不好意思说你不要来了。”

“好了好了。”陆文杰安慰道，“你就不要小题大做了，出不了什么事的。夏雨都愿意回来，至少代表她也放心了。”

欧阳这才稍稍冷静了些。过了半晌，福来终于离开了，秋子杉也朝着亭子的方向回来了。大家一见她就立马迎了上去，只有陆文杰嬉皮笑脸道:“替某人问一下，刚才胡来又找你干什么了？”

秋子杉看了看欧阳:“他是来向我道歉的。”

“道歉？”大家惊讶不已。

“那天的事？”

“嗯！”秋子杉耸了耸肩，笑了，“我已经原谅他了，不讨厌他了。”

“突然想得这么开？”

夏雨瞥了他一眼，秋子杉继续笑道:“我现在觉得没有什么是放不下的。”

“那就好！”夏雨握着她的手。

秋子杉看了看夏雨，又看了看大家，大家都笑了，仿佛过去的都过去了。

Chapter 22 / 最后的感谢

所有不曾勇敢面对的过去，都已在身上幽居，随着日子一点一点地迁移，不断地啃噬着我们的灵魂、骨髓，直至有一天造就了另一个自己。

车祸以后，不仅秋子杉的“睡病”好了，就连她的抑郁症也在一天天好转。看着自己的女儿身心越来越健康，秋母自是高兴的，生活总归是柳暗花明又一村，她又看到了希望。但即便这样，秋母高兴过后，还是冷静了下来。毕竟医生说过，抑郁症的根治是很难的，她对女儿的病情仍有些担忧，故还是要求女儿每月去看一次医生。

秋子杉是不大爱看医生的，从小她就看了太多医生。这一次是秋子杉最后一次来周医生的诊室了，她发誓以后都不来了。她自己的病，她自己知道。

这天，秋子杉如常又来到了周医生的诊室。她站在门口时，医生便看见了她，对她笑了：“子杉，你来了？”

秋子杉也笑了：“是啊！医生。”

“最近怎么样了？”

“挺好的！”

“那就好。”

“我想我以后是不是可以不用再接受心理辅导了？”

“就目前的情况来看，是不需要了。经过前几次的心理测试，你已经达到了正常水平。”

“谢谢医生。”

“不用客气，你自己也做了很大的努力。”

“我吗？”

“对啊！”医生舒了口气，“我对我的每个患者所能做的其实都很有限，我只能在某种程度上引导他们往一个更加理性客观的方向去思考，但最后真正起作用的是他们自己，他们要能打心里接受这些东西，并勇敢跨越自己内心的障碍。”

“这样啊！”

“对了，你的‘睡病’也好了，是吧？听你母亲说现在都不睡了。”

秋子杉看了看别处：“是啊！”

“大概是什么时候好的来着？”

“今年年初。”她咽了咽口水。

“哦……是那个时候。年初的时候你好像经历了一次车祸，是吧？我听你妈妈提起过，当时我听了之后就猜想这件事一定会在你心里产生不小的影响。但没想到，它能直接让你的‘睡病’痊愈了。”

“嗯！”

“好像那以后，抑郁症也恢复得特别好了，是吧？”

“是！”

“人呐！”医生突然感慨起来，“往往在大灾大难之后才容易改变。好像也只有这样的大事件，才能让人清醒过来。”

秋子杉“啊”了一声，没听懂医生的话。

医生看着秋子杉满脸困惑的样子，笑了笑：“不好意思啊，说了一些感慨。对了，你能告诉我，那件事以后你都在想些什么吗？”

“想什么？”

“嗯！我只是想大概了解一下你的变化。”

秋子杉认真思考起来。过了会儿，她终于开口说道："我想就是从那以后我觉得自己连死亡都面对了，还有什么好怕的！原来，我可能随时就死掉，我现在烦的这些事和死亡相比根本就不值一提！我一定要好好珍惜现在，还有我身边的人。"

医生点了点头，似乎很满意秋子杉的话。她接着说道："这应该就是你的认知模式发生了巨大改变。有过濒死体验的你，意识到死亡并不遥远，你生命中的意识开始觉醒。你开始意识到自己没必要再将时间浪费在过去那些无意义的事情上，你开始珍惜身边的美好，而不是一味地沉溺在自己的悲伤中。这也是抑郁治疗中常用的认知疗法，旨在通过改变患者对事物的认知来达到治愈的目的。"

"那我是彻底痊愈了？"

"我没办法告诉你这个答案。"

"那我只是暂时痊愈了？"

"我也不知道。不过，我想告诉你的是，无论它是暂时的还是永远的，从现在起你只要好好去感受就好。在你的成长阶段你已经错过了太多东西，该在那些年龄段学会的与人相处、与这个社会相处的规则，你都没有学到。你现在与人相处得这么小心翼翼，不知道该和别人说什么，这些都是你今后要慢慢学习的地方。"

"嗯！"

"还有，好好珍惜你的朋友。"

"我的朋友？"

"对，是他们在你孤独时，向你伸出了友善的手。"

“他们救了我？”

“不！是你自己救了你自己。”

“我？”

“对！如果你自己不愿意走出来，这个世界没有人能帮得了你。”

“包括你？”

“对！包括我。”

“那我的朋友们呢？”

“他们是那束光，引领你从黑暗走出来的那束光。”

秋子杉陷入了沉思。

“记得你曾经说过，自己是个无知无觉的人。也许，当你能感受到悲伤的那一刻起，一切都在好转了。”

“悲伤？”

“是的！悲伤。你把自己裹得太严实了，所有的情感都无法流露出来。它们日复一日在你的心底积压，日子久了，就容易出问题了。”

“所以，有时哭是一种很好的宣泄方式？”

“可以这么说。”

秋子杉不说话了。医生话锋一转：“马上就高三了吧？”

“嗯！还有一年就要毕业了。”

“那要好好加油了。”

“会的，谢谢医生这段时间的帮助。”

医生又笑了：“我说过，我只是引导你，真正能够帮助你的人是你自己。你心里能够真正地放下，那才是你的救赎。”

秋子杉沉默了，她若有所思地低下了头，好像想再说些什么，但好像又在犹豫该不该说。

医生觉察到了秋子杉突然的安静，便接着问她道：“怎么了，还有什么想说的吗？”

秋子杉抬起头，看了看医生，吞吞吐吐道：“其实，我……还想告诉您一件事。”

“哦，什么事啊？”医生饶有兴趣地问道。

秋子杉却欲言又止，刚张嘴话又噎了回去。医生耐心地看着她，等着她。她又沉默了一会儿，方开口问道：“难道……您都不好奇我的‘睡病’是怎么痊愈的？”

医生笑了：“如果你愿意说的话，我很乐意听。”

秋子杉顿了顿：“我想……我得的病不叫‘睡病’。事情应该从我第一次晕倒开始说……”

“哦？怎么说？”

“有一次，我在数学课上晕倒了……从那时起我的脑子就开始跑出一个莫名其妙的想法来。”

“什么想法？”

“渴望晕倒！”

“为什么？”

“有一次数学课，老师让我在黑板上默写一个公式，我不会，但是我不敢跟她讲，我怕她骂我。当时，刚好我头特别晕，心又紧张得不得了，结果就莫名其妙晕倒了。再后来，我就到校医室了。那时我躺在校医室里，我知道这样的想法很可笑，但事实就是我并没有觉得晕倒是一个很糟糕的事情，反而很庆幸我晕倒了，因为它让我不用再去面对接下来将要发生的可怕的事。”

“将要发生什么？”

“也许……是老师的批评、责骂之类的。”

“你害怕你的老师吗？”

“也许吧？”

“为什么？她对你不好吗？”

“不，她对我很好。我也不知道为什么。”

“好的。所以从那以后，当你遇到麻烦时都渴望通过晕倒来逃避？”

“嗯！”

“那你现在呢？你觉得你可以面对一切了吗？”

“嗯！那次的车祸对我影响很大，我突然觉得这些事与生死相比根本微不足道。我已经是一个目睹死亡的人了。”

“所以，你就不再晕倒了。”

“嗯！”

屋里安静了下来，医生看了一会儿秋子杉，语气突然变得轻松起来：“我很高兴你告诉我这件事，所以我也很乐意为你解答这个问题。你说的这个，心理学上其实叫作‘暗示与自我暗示’。”

“暗示与自我暗示？”

“是！其实，我们每天都在接触各种各样的暗示信息，但并不是所有的暗示信息都会对我们产生作用，只有获得我们自身认同的信息才会对我们产生作用。而这些获得我们认同的信息又会在悄无声息中进入我们的潜意识世界，并成为其中一个根深蒂固的信念，并在以后相似的情境里不断运用这个信念反复进行自我暗示。晕倒使你顺利逃过了老师的责罚，这件事也许给了你一个暗示：晕倒能让你逃避责罚。因为事实确实如此，所以你相信了。日后当你再遇到类似的情境时，你就会无意识地渴望晕倒来逃避这一切。当这个信念足够强烈时，你的身体就会执行潜意识发出的指令，你就会真的晕倒了。”

秋子杉耳根一热，医生继续说道：“所以，你的身体很可能只是为了逃避这个恐惧而做出了这个选择。而你刚刚说，车祸让你意识到：你连死亡都面对了，还有什么好怕的。因为濒死体验在你的潜意识里产生了新的信念：你什么都不怕，你要勇敢面对一切。于是乎，你重新获得了面对挫折的勇气。最重要的是，这个新的信念‘勇敢面对一切’恰好与原来的信念‘逃避一切’是本质完全相反的暗示。《催眠控制术》中提到这样一个观点：被接受的暗示成为人本质和性格的一部分时，必须通过完全相反本质的暗示才能将其去除掉，并且需要强大到足以抵消先前的暗示。而你新产生的信念恰好足够强大，强大到可以抵消原来的暗示。所以，当你摈弃旧有的信念时，你‘晕倒’的毛病自然也就好了。这也是人们常说，为什么挫折可以使人成长的原因。我们是不断运用自身的感受和接受的信念来修复曾经建立起来的人生观的。当挫折越大，我们从挫折中获得的感受也越强烈，挫折给予暗示的能量也越强大，当它强大到足以撼动曾经的信念时，新的信念便产生了，我们的人生观、性格也就发生了改变。”

“您不觉得我是……”

医生笑了笑，又接过了话：“你的心里不需要有这么大的负担，我们人就是这样，有这么多的缺点，这么的不完美。我们会犯很多错，很多大错，但只要我们勇于面对，这都不是问题。你看，你所经历的这一切都可以找到一个理性的观点去解释。你不妨试着这么去感受自己的想法，并对它们进行分析，你会越来越了解自己，甚至最后有一天你会找到令你恐惧的原因。在你之前，已经有无数的人经历过这些，所以心理学家们才能总结出这些理论来解释人们的行为现象、心理变化。你所要做的是了解它、接受它，最后才能克服它。”

“谢谢医生！”

“不用客气。我说了我只能给你一个引导，最后真正能救你的是你自己。”

秋子杉的眼里泛起了泪：“谢谢医生，我会努力的。”

“这就对了。哦！对了，这次是最后一次来了吧？”

“嗯！”

“你也快要高考了，要加油了。以后的人生还精彩着呢！”

“嗯……谢谢医生。”

“不用客气。你身上还有恐惧，今后要靠自己努力去克服了。”

“嗯！我会的。可是……可是我怕做不好。”

“不会做不好的。你想想遇到哪些情况别人不会恐惧，而你会？那么在你身上一定是发生了什么，它让你对这种情境产生了恐惧。就这样一个接着一个问题，从现象再到原因不断询问自己，不断向内探索，向心灵寻求答案。会做好的！”

“明白了。”

“有些事，也许你已经忘了，但它的影响还在，它的发生让你今后的人生都对那种情境产生了恐惧。抑郁往往只是一个结果，是你身体被击垮所表现的结果，你所要探寻的是什么导致了这个结果，然后勇敢面对它。直到有一天，你不再对这些情境恐惧了，你才是真真正正、完完全全地康复了！”

秋子杉低头不语，她不曾想过她所经历的劫竟源自心灵的结。原来，所有不曾勇敢面对的过去，都已在身上幽居，随着日子一点一点地迁移，不断地啃噬着我们的灵魂、我们的骨髓，直至有一天造就了另一个自己。原来，每一秒所呈现的自我，不过都是过去的缩影罢了！

“剩下的就要靠自己了！这个旅程或许很长，也或许会很艰辛，但努力了总会有回报。心灵的探索之旅不是那么容易会有结果的，但一旦有成果，对于人的改变将是深远的、翻天覆地的。你要加油了！”

秋子杉点了点头，深吸了一口气。对于医生她想说的只有感谢，感谢她的宽容，感谢她的谅解，更感谢她的帮助。

“那么祝你好运了！”医生笑道。

秋子杉点了点头，也笑了。

走出诊室门口时，她深深吸了口气，犹如卸下了千斤重担，自己仿佛获得了新生。她很少有这样的时刻，心情轻松自在，呼吸畅快淋漓，而此刻她真真切切地感受到了，她知道这一刻都得益于医生刚刚说的话，此时此刻，她对她最想说的话，唯有感谢。

Chapter 23
/
花有花期

冬去春来，夏去秋又来，一场花期的结束预示着一场离别的开始。

花有花期。八月时节，小城的荷花就凋落了。田野里，放眼望去一片碧绿，粉白黄的荷花早已不见。已经是落花的季节了，花期结束了！

自从秋子杉经历了车祸之后，她不仅开朗了许多，还懂得珍惜起身边的人来。特别是对秋父，原本一直与父亲保持距离的她，一时间竟学会了嘘寒问暖，不免让父母觉得欣慰，这孩子长大了。

秋父的脾气向来很犟。这么多年，他明知自己有错，却从未想过做些什么来弥补他与妻子之间的裂痕，而是任由两人的怨气越积越深。不过，近来事情却变得蹊跷起来，他好像变了一个人，再也不在外面住了，每天在家扫地、做饭、整理房间。女儿不忙的时候还会邀她一块儿喝喝茶、聊聊天，即便秋母对他冷嘲热讽，他也不为争口气横眉冷对，反而虚心接受了。最关键的是，作为一个有着三十几年烟龄的烟民，他居然说戒就戒了！

八月已过了一半，还有不到半个月秋子杉就高三了。因为前两年上课不专心，她的功课落下不少。所以，最后一个暑假她每天都去学校，亡羊补牢，希望为时还不晚。

秋父以前是不爱在家的，现在他也不常出门了，他宁愿在家里看看电视、喝喝茶。秋母平时也是忙的，难得有空，更难得休息，这一得空了，她就哪儿都不想去，就想待在家里。这天，秋子杉又如常出门自习去了，家里就剩秋父秋母了。

秋父坐在茶几旁，准备泡茶。秋母坐在沙发上看电视，两人井水不犯河水。本想着，两人之间的冷漠会像冬日里的冰雪一样，久凝不化。没想到，夏季的热风还是把这股冷空气吹走了，秋父突然开了口："一起喝杯茶吧！”

电视机“叽里呱啦”地在说着话，秋母坐在沙发上，双眼冷冷地盯着电视。窗前，风铃“丁零当啷”作响；茶几旁，秋父在烧水烫杯。

“夏天喝热茶？发什么神经。”秋母没有起身，心里嘀咕了两句。

“再不来茶就凉咯！”

“凉就凉咯！人走茶凉，凉了不是更好。这么热的天喝热茶，有病！”秋母暗暗生起了气。客厅里，一方刻意保持了沉默。“还不知道安的是什么心呢！”秋母自以为识破了他的把戏，她不想理他！

“来喝茶咯！”秋父深知秋母是爱喝茶的。所以，他特地挑了一包好茶，自我陶醉起来，“嗯……这茶真香啊！”

秋母又生起了气，重重地扔下了手里的遥控器，气势汹汹冲到茶几旁，绷着一张脸，坐下了。

秋母没有看秋父，冷冷的身子侧对着他。秋父用镊子将茶杯放到秋母面前，给她倒上了茶。秋父看着秋母，秋母还是不看他。秋父放下了镊子，又端起了茶杯，一阵感叹：“这茶真香啊！”

秋母不语。

“我知道……一直以来是我对不起你们母女。”

“发什么疯啊？”秋母又暗自怒骂了起来，她倒是想看看他要耍什么把戏。

“这段时间，我想了很多……我知道，以前做了很多错事……家里的事也没帮到你什么。子杉生病的时候，也没陪她去看过医生，就连去年……”他看了看她，又低下了头，“你在床上躺了一个多月，都没照顾过你，反而……骂你……”

秋母流下了泪。

“以后啊……”秋父也哭了，“要是我不在了，你们母女要好好的……”

“什么？”秋母转过了身，满脸惊讶，但忽而想到这可能只是他耍的“阴谋”，顿时怒气冲天，“你这是什么意思？不要以为说出了这种话，我就会原谅你。现在知道错了，就来这里装可怜？”

秋父没有说话，他知道他的话在她的心里早没了分量。

“你以为现在几句无关痛痒的道歉，就算了？你当人心是什么？想糟蹋就糟蹋？这么多年，女儿你有用心照顾过吗？家庭你有用心经营过吗？我辛辛苦苦地工作、照顾女儿，还要受你的气，你就听你那些姐妹说我在外面有男人，你自己不会判断吗？我是什么样的人，跟了你这么多年，还不清楚？”

秋父无力反驳，秋母的话是对的，他吞吞吐吐道：“我……当时脑子发热，误信了。”

“误信？你一句误信就能一笔勾销吗？当年要不是你把我打得鼻青脸肿，我会狠心抛下子杉？”

秋母又抽噎起来，她的身体因为刚刚动完怒正在发抖。客厅里，又安静了下来。往事被打翻在地，窗前风铃声声，声声扣着回忆。

时间是八年前的那个冬天，天下着雪。夜晚，夜深人静。老街区，不远的人家传来阵阵狗叫，秋父秋母的房里，灯还亮着，隐隐约约的吵架声从屋里传来，这样的声音持续了一个多小时。一个多小时后，夜更深了、更静了，远处的狗也叫累了、睡了，只有房间里的人不知疲倦，越吵越凶。

秋父先动了手，秋母毫无还手之力，身上已经是青一块紫一块了，脑袋又被提着撞上了墙。秋母咬着牙，怒骂他、恨他，叫他干脆打死自己算了，人生用不着受这种屈辱。秋父还是没有停手，拳打脚踢、恶语相加，他已经疯了。

他们的声音很大很大，一个红着眼在哭，一个瞪着眼在挥拳，声音渐渐传到了女儿的房里。秋子杉迷迷糊糊从睡梦中醒了过来，下了床，寻着声音的方向走了去。她悄悄打开了父母的房门，屋里的光透了出来。那个人，她的母亲，在门里痛哭流涕；那个人，她的父亲，就像一个魔鬼，凶神恶煞。秋子杉哭了，这是她童年时代最后的一次哭泣，从那以后，漫长的八年时光里她再也没有哭过。

秋母浑身是伤地从房间里逃了出来，秋子杉吓得赶紧躲回了房。秋母就这么走了，决定再也不要回来了。一走，就是两年。两年后，或许是秋父良心发现了，也或许是那些姐妹再也不要帮他照顾女儿了，秋父把秋母接了回来，秋母妥协了。

“都是报应啊！”秋父大叫了一声，“都是我的报应啊！”他擦了擦眼泪，望着秋母，终于说道，“前段时间，我胃不大舒服，就去医院做了检查。前几天……体检报告出来了，医生说我得了胃癌……”

“什么？”秋母刚刚擦掉的眼泪又涌了出来，她喃喃起来，“怎么会这样……”

秋父看着秋母，却用力挤出了一副笑脸："好了好了，这么大的人还哭……要是让女儿看到了，她该多难过！"

听到女儿，秋母赶紧擦掉了泪水。是啊！她不能让女儿看到她伤心的样子，她要好好"保护"她。

"那，那现在怎么办了？"

"这件事……就不要让她知道了吧！她马上就要高三了，不要让她分心。再说，我怕她接受不了……我打算把她送到外地去读书，等她走后，我再住院。"

这下，秋母无话可说了。

冬去春来，夏去秋又来，一场花期的结束，一场离别的开始。当父母把这个决定告诉她时，她几乎崩溃。自己好不容易喜欢的班级，好不容易结交到的朋友，就要说再见了。她哭着、闹着，可是父母心意已决，一句"不要任性，我们都是为了你好"，她只好接受。

Chapter 24
/
奈何！奈何！

日子久了，离别的伤感渐渐淡了，生活又恢复如常。唯有她，没那么幸运。

（一）

八月，夏天的尾巴，和好友们匆匆告别后，秋子杉便踏上了他乡之路，来到了一个完全陌生的城市——榕城。秋母在安排好她的食宿后，就匆忙回了家。现在这里，就秋子杉一个人了。

新学校过的是寄宿生活，每天除了上课、吃饭、回宿舍外，日子便没什么特别了。新宿舍共四个女生，两个榕城女孩，还有一个也来自外地，就暂且叫她“喂”吧！别人总这么叫她。

“喂”长得有点黑，总是戴着一副大框眼镜。她的脸蛋很小，与那副眼镜有一点不和谐。她的衣着很随性，有时常常不修边幅，所以那些体面的女孩也常常把她当作茶余饭后的谈资。她在她们当中很少说话，和那些时髦女生也很少说话，她们之间有一种无言的默契。

入校的第一天，夜里十一点，宿管阿姨已经吹了熄灯的哨，两个榕城女生还没有回来。秋子杉以为她们不回来了，便打算锁门睡觉了。可这时，“喂”突然说话了，这是她们第一次说话，从白天到晚上，她说的第一句话：“门不要锁。”

“什么？”秋子杉惊讶起来，“门不锁怎么睡啊？”

“她们两个要很晚回来，进不来会大吵大闹的。”

秋子杉在门口愣住了。好吧！她无话可说，只好挪着步上了床。

夜，渐渐深了，也静了。上床后的秋子杉辗转反侧，不得入眠。她听着门外的动静，一会儿担心有人破门而入偷东西、抢劫，一会儿又担心半夜鬼敲门。她的想象力很丰富，总是能想到一些稀奇古怪的东西。于是，越想越害怕，越是害怕她又越是不敢睡。此时，夜里十二点，屋外静悄悄。

“门不锁，怎么让人睡啊？”秋子杉越想越来气，干脆不要睡了。她睁开了眼，听着床那头阵阵的呼吸声，她的脑中突然冒出了一个想法，想和这个同病相怜的舍友建立某种联系。虽然她看起来有些“冷淡”，虽然秋子杉也是不主动与人搭讪的，但是今天，她破例了。

“你……睡了吗？”

黑夜静默无声，秋子杉怅然若失，又闭上了眼。可这时，床的那头传来了一声：“没！”

秋子杉又睁开了眼，喜出望外：“你也没睡啊！”

“嗯！”

“你叫什么名字？”

“钱小满。”

“哦……我叫秋子杉。”

“嗯。”

“她们经常这么晚回来吗？”

“嗯。”

“那你每天睡得着吗？”

“睡不着。”

“那第二天上课不是很累？”

“习惯就好。”

“习惯就好？”秋子杉满脸愕然，“那为什么这么晚她们还不回来？”

“她们有她们的夜生活。”

“哦……那你平时不和她们一起？”

“道不同不相为谋。”

秋子杉对她的话有几分震惊：“你有点不太一样。”

“哪里不一样了？”

“感觉大多数女生都喜欢结伴的。”

“我有自己想做的事。”

“什么事？”

“考上理想大学。”

“理想大学？”秋子杉抬高了分贝。

“嗯……你没有吗？”

“我？”秋子杉脑中一片空白，“我没想过耶……”

“没想过？”钱小满也抬高了音调，“我们都快毕业了！”

“我……我觉得都可以吧！”

“都可以？”钱小满诧异起来，“那你读书为了什么？”

“为什么？”秋子杉再次被问懵了，她嘟嘟哝哝起来，“其实……我也不知道，我好像从来没有想过这个问题。”

“好吧！你该好好想想的。”

夜，又安静了下来，两人没再说话了。秋子杉若有所思地盯着天花板，陷入了沉思："读书到底是为了什么？理想？理想是什么？我为什么没有？"她想着想着，不禁出了神，耳旁不知什么时候起响起了阵阵脚步声。她顿时收住了神，瞪大了眼睛："该不会有小偷吧！"她竖起了耳朵，一动也不动。

"她们回来了。"

秋子杉被吓了一跳，蹬了一下床，明白是她们回来了，顿时松了口气。

脚步声一点一点地在靠近，不知为何，秋子杉竟有几分紧张。她静静地听着她们的声音，脚步声忽然又停了下来。她握紧双拳，屏住呼吸，一阵冗长的推门声在耳边响起，门开了。一个女生拖着疲惫的声音叫道："好困啊！"

另一个立马提醒道："你小声点！"

"哦哦，对！"她又顿了顿，"好像今天宿舍来了个新面孔。"

"嗯！"

"长得跟林黛玉似的，感觉动不动就要哭了，跟谁欺负她了一样。"

"你能小声点吗？要是人家没睡怎么办，你个大嘴巴。"

"大嘴巴"吐了吐舌头，便上床去了。不一会儿，另一个也上床去了，宿舍终于安静下来，大家都可以睡了。可这会儿，秋子杉却再也睡不着了。

第二天，高三的第一天正式开始了。班级里，班主任简单为同学们介绍完转学生后，便上课了。

榕城是出了名的"大火炉"，夏天更是热得出奇，总让人有种昏昏欲睡的感觉。加之，昨晚一夜未眠。早起时，秋子杉的上下眼皮已如磁石一般，分也分不开了。这会儿上课，更不必说，睡意更浓了。

秋子杉迷迷糊糊地睁着眼，听着课，心思早不知安放到了哪里，整个人软塌塌的。紧接着，身体也不听使唤了，昨晚一夜未眠，它实在太累了，已经没有办法再撑起这沉甸甸的脑袋。于是，开学的第一天，秋子杉便在课堂上呼呼大睡了起来。

老师看到这光景自然是不痛快的，但又见她乖巧惹人疼的模样，便有几分不忍斥责她。于是，偷偷提醒了她两次，但谁让她不争气呢？每次坚持不到十分钟，身体又支撑不住了。最后，老师实在没办法，就用书本轻轻敲了敲她的脑袋。这下，她终于醒了。

秋子杉睁开了眼，看到了老师。老师正怒气冲冲地盯着她，一句话也不说。秋子杉意识到自己犯了错，立马就站起来，低下了头。

这个班有个规矩，每当同学们上课想睡觉时就会主动站到最后一排去，老师、同学们习以为常。由于秋子杉打小内向害羞，更不喜欢受到别人的关注，故按她的性格是肯定不会主动去做这事儿的。

老师一动不动地立在原地，冷冷的一张脸要她立刻向后走去。秋子杉满脸惊慌地看着老师，以为自己听错了，但老师早已没了耐心，见她仍旧拖拖拉拉的，故又催促了她一次。这下，秋子杉才明白过来，老师的的确确是在“请”她站到最后一排去。她顿时红了脸，低下了头。

时间忽一闪，秋子杉好像忽然回到了十一年前的某次课堂。那时的她，刚上小学，是学写字的年纪，所以也常写错字。那时的老师也像今天这样，冷冷的一张脸、不苟言笑，让她回去把字重写一百遍。秋子杉想起了她，曾经忘了的那个她，正青面獠牙地盯着自己。同样是班级，同样是课堂，同样有那么多双眼睛，秋子杉感到有些难为情，一种莫名的痛忽穿过时间，痛彻了她的心扉。她低着头，红着眼，走向无人的境地。

（二）

秋子杉离开后的小城并没什么不同，光阴还是光阴，日子还是日子。秋父在她离开后便住进了院、动了手术，现在秋父也出院了，在家调养。虽说鬼门关走了一遭，但生活总算是有失也有得。现在，秋父秋母之间听得到欢笑了。

好友们对于秋子杉的离开，伤心是在所难免的，但日子久了，离别的伤感也就淡了，生活又恢复如常。唯有她自己，没那么幸运。离开之后的生活早已不是生活，她又重新回到了那个郁郁寡欢的世界。

十月，天气微凉，南方的秋色初现，夏天总算是过去了，很快又是十一月。

南方的十一月，是真正的秋，短暂的秋，如同手心遗落的露珠，稍纵即逝。如果说有哪个季节最适合来到彭城，那一定是秋。彭城的秋，是清爽的秋，温柔的秋。她不似春雨绵绵、夏雨倾盆，更或者是寒冬冷雨。这里的秋，是少雨的、温柔的，有秋风拂面，也有桂花飘香，就连阳光也是温暖的，而离开的人，是感受不到的。本以为秋子杉最后的高中生涯，又要在无知无觉中度过了，但没想到生活却意外谱写了新的篇章。

自从上次谈话后，夏雨和陆文杰之间总算是开门见山，坦诚了彼此心意，夏雨的心里虽有几分高兴，但难免有些芥蒂，所以二人始终没个进展。

这天午后，天气慵懒，学校下了课，夏雨独自往家里走去。不巧，远远被欧阳、陆文杰瞧见了。欧阳旋即对陆文杰使了个眼色，陆文杰看了是她，没说话，便和欧阳又往前走去了。可是，走出不到半刻，他又突然拿了主意，对欧阳道："你先走吧！"

欧阳知道陆文杰这是有事要办了，随即回了一句："Yes sir！"又调侃了他一番后，才笑着离开了。

其实，陆文杰还是犹疑不决的。步子虽在迈着，心里却在打退堂鼓。他看着夏雨离他越来越近，步子却不由得慢了下来。这些日子，夏雨对他仍是爱答不理的，他不明白她在顾虑什么，更不敢轻易问她什么。秋子杉走后，他们的距离便被拉远了，就连借口一起回去也难以启齿。

陆文杰晕乎乎地走在街上，不知什么时候一只手竟落到了夏雨的肩上，嘴里还顺口溜出了一句："好巧啊！"

夏雨独自一人走，若有所思。她被这突如其来的一只手吓了一跳，顿时转过了身，一见是陆文杰，便大声喝道："陆文杰，你要死啦！你要吓死我了知不知道？"

久违的怒喊让陆文杰产生了一种莫名的熟悉感，他突然轻松了许多。只见，他用双手堵上了耳朵，皱眉嬉笑道："注意点形象，你好歹也是年级的风云人物，让人看到了笑死了。"

"笑我那也是我的事，要你管！你家住海边吗？"

"我家要真住海边了怎么办？"

"你以为你家住海边，什么事儿都可以管了吗？"

“好好好，你赢了。你看看你，这么大声，一点都不淑女。”

“女孩就一定要淑女吗？你的思维就那么狭隘吗？”

“是是是，都是我的错。您老请息怒！”

夏雨不说话了，她斜睨着陆文杰，看了一阵，便扭过头先走了。陆文杰一看她要跑，立刻撒腿又追了上去，赔笑道：“夏雨同学，你生气了？”

夏雨不语。

“夏雨同学，你怎么不理我了？”

夏雨又瞟了他一眼，把他落下了。

陆文杰又追了上去，锲而不舍地追问：“你怎么还不理我呢？”

“因为你烦啊！”

夏雨忽一声咆哮，把陆文杰吓得往后缩了缩。稍纵片刻，他才收拾了情绪，整理了衣襟，笑道：“我烦吗？你真的觉得我烦吗？我这么人见人爱。”

听到陆文杰这么“没脸没皮”地自卖自夸，夏雨上下扫视了他一番，觉得他今天“怪怪的”，嘴里嘟哝着骂了他一句“神经病”，便又不理他了。

陆文杰见她又要跑，随即又死皮赖脸地贴了上去：“夏雨同学，你刚刚脾气怎么这么好啊？都不生气。”

夏雨停住了脚步，陆文杰差点撞了上去。夏雨又转过身，挤出了一副笑脸，暗暗骂了他一句：“犯贱！”便又走了。

这下，陆文杰终于忍不住大喊了：“夏雨同学，你怎么又不理我了呢？我有话跟你说。”

夏雨彻底被激怒了，大声吼了出来："你有屁就快放，我都快被你烦死了。"说完，一拳又要朝陆文杰打去。亏得陆文杰反应机敏，一把抓住了她的手，笑道："打疼了那就不好了！"

夏雨赶忙挣开他的手，小声说道："关你屁事！"

他一把又抢了过去。

她低下了头，不逃了。

恰逢十一月，桂树花开，马路上扑鼻而来阵阵花香。那天，秋也温柔，风也多情。

（三）

夏雨和陆文杰在一起了，这本应该是件开心事儿，可她却偏偏开心不起来。别人问她为什么，她只是淡淡地说了句"没事"。平时，虽然他们还是打打闹闹，但嬉笑过后她又常常莫名的安静。陆文杰觉得他们之间隔了一层纱，把他们隔得很远很远。

秋天的夜，月色清凉，月照窗前，夏雨坐在桌前，窗前的台灯静静地照着桌上的书。她呆愣愣地盯着桌子，手里的笔不知不觉滑落了下来。夜里十一点了，窗外黑漆漆的，夏雨睡意全无，精神却有些懒怠。她的心里莫名的有一个情结，她觉得很痛苦，但又不知该怎么跟人说。突然，她想起了一个朋友，曾经好多心里话一块儿说的朋友。夏雨想起了秋子杉，想再跟她说说话，说说自己的烦恼。

夏雨拿起了手机，拨出了号码。起先，电话的那头静悄悄。她知道秋子杉从不是一个主动联系人的人，若不是别人偶然记起了她，想必她就会永远淡出人们的视野！

电话通了。

“子杉吗？”

“小雨，怎么啦？”

她们的声音都有气无力的。

“我有件事想告诉你。”

“什么事啊？”

“我和陆文杰在一起了。”

“真的？太好了。”

电话的那头没有喜悦，也没有笑声，秋子杉知道她有心事了：“这不是好事吗？你怎么闷闷不乐的。”

“是啊！我就是开心不起来。”

“为什么？你不喜欢他吗？”

“不，我当然喜欢他。”

“那又是为什么？”

“我没有办法接受他。”

“嗯？”秋子杉大吃一惊，“可是你已经接受他了啊？”

“我说的是我心里没有办法接受他。”

“为什么？”过了半会儿，她恍然意识到了什么，小心翼翼地问了句，“是因为她吗？”

夏雨长叹了一声："我知道这样很小心眼，但我就是没办法说服自己。如果我们是在他结束了上段感情之后才喜欢上彼此的，我无话可说，可他偏偏是在我们喜欢上彼此之后，跟她在一起了。你知道，我是个敏感的人……"

"我明白。"

"我没有办法相信他。"

"你觉得他是一个对感情随便的人？"

"有这种感觉。"

"可是他不是和你解释清楚了？"

"我没有办法完全相信。"

"可是你们已经在一起。"

"我知道！"

"那你要怎么办？"

"我不知道……我只是很纠结、很痛苦。"

"那……你会和他再在一起吗？"

"我不知道！也许会，也许不会。这不是我理想中爱情的模样。"

"哎！可是现在事实是你们已经在一起了，而且你也喜欢他。"

"我知道，这也是我讨厌自己的地方。"

"别这样！或许你能改变他呢？"

"怎么可能！"夏雨又叹了口气，"我连自己都改变不了，哪有能力改变别人呢！"

“好吧！”秋子杉也叹了一口气，“那这个问题麻烦了。”

“是啊！”夏雨接受了事实，“我也不知道该怎么办了，只能走一步算一步了，我又拿不定主意。但我真的好矛盾好矛盾，只能想到你了。”

“我明白，我们是好朋友嘛！”

夏雨点了点头，舒了一口气，她的心情已然畅快许多：“好了，跟你说完之后我的心情好多了。你呢？怎么感觉你心情也不太好？”

“还好啦，也就那样。”

“是秋叔叔的事儿吗？”

“我爸？”

“嗯。秋叔叔前段时间不是进医院做手术了？但他现在也康复了，你还难过什么啊？”

“手术？什么手术？我怎么不知道？”

夏雨顿时语塞，她突然意识到叔叔阿姨可能根本没将事实告诉秋子杉，急忙安慰起来：“可能是叔叔阿姨不想你担心吧！你也别多想了，我也是之前去医院碰巧遇到他们才知道的。重要的是，现在叔叔身体也很好啊。”夏雨的声音越来越小，可秋子杉的眼泪却早已扑簌簌往下掉。夏雨不知道怎么来安慰她。

宿舍的门突然开了，钱小满自习回来了，秋子杉闻声赶紧擦了泪，往阳台走去。

电话那头的声音又消失了，夏雨又急着安慰起她来。可秋子杉却草草应了几声就把电话挂了。快入冬了，清凉的晚风吹着她身上单薄的衣襟，她流着泪，望着漫漫长夜，浑身忽一颤！

（四）

秋子杉哭了半夜。后半夜，大概是哭累了，便睡了。第二天早起，眼睛肿肿的，她用湿毛巾敷了敷眼，就上课去了。

早上的课她是无心听的，脑袋嗡嗡响了半天，恁是禁不住胡思乱想，泪水擦了又掉。父母为什么瞒着她？他们这么做是为了她好？她有这么脆弱吗？难道她无法给予他们安慰，只能给他们添麻烦？秋子杉越是深想，泪水越是禁不住掉，她想回去了。

她是想回去了，这里的生活度日如年，每天教室、食堂、宿舍，日复一日，毫无变化；这里她没有朋友，没有说心里话的人。大家都很忙，忙着高考，忙着努力；大家都有各自的玩伴，她难以加入。她们之间可以打打闹闹、有说有笑，只有她自艾自怜、形单影只，她觉得她跟这个世界隔得很远很远。

中午放学，秋子杉独自回了宿舍，宿舍的其他几位都是不回来的。钱小满忙着读书、考大学，她有理想。是啊！理想，秋子杉没有。两个榕城女生也是不回来的，她们有朋友，可以玩可以聚，这秋子杉也没有！

秋子杉一个人在宿舍睡了半小时，就强迫自己起来了。虽说不知为了什么读书，但她仍知道要努力、要学习。只是一起床便想起了父亲的事，她又哭了起来。是该打电话给他们了，快一个月了，一个电话也没有。她擦了擦泪，终于拨通了母亲的电话。

电话一通，秋子杉一开口，泪水便瞬间喷涌而出：“老爸怎么样了？”

“什么怎么样了？”秋母一愣，假装不知道。

“我都知道了，老爸的事。”

秋母不说话了。

“把我送到这里读书，就是为了不让我知道？”

“子杉，爸爸妈妈是为了你好，不想耽误你学习。”

“可是你也该让我知道啊！”秋子杉哭得更大声了。

“好了好了，乖女儿，你别哭了。你爸现在已经出院了，医生说他恢复得很好。”

“所以小雨说的都是对的了，你们为什么要瞒着我？”

“爸爸妈妈只想你好好学习、考上好的大学，其他的你就别多想了！”

“可是……我希望被尊重，我希望你们在为我的人生做出选择时，也听听我的想法好不好？至少……我有知道真相的权利。”

这些东西在秋母的眼里根本就算不得什么，她的人生有更多更大的难题要面对，她硬着头皮继续道：“你只要好好读书就是我们最大的安慰了，其他的就别多想了。”

“可是我在这里根本就没办法好好读书啊！”

秋母一时语塞，她没想过是这个结果。

“来了这么长时间，我根本就没法好好读书……”

秋子杉哭得越来越厉害，秋母的心也更加烦乱起来：“你就别瞎为你老爸担心了，好好读书就行。”

“我在这里根本没办法专心读书……不是因为你们。”

听到女儿这么大嚷大叫，秋母一愣，声音轻柔了许多：“是不是受什么委屈了？还是有人欺负你了？”

“没有！”秋子杉冷冷地说道，“没有人欺负我，我也没受什么委屈，我就是不想待在这里了。”

秋母叹了一声：“子杉啊，你要为了你的将来考虑，好好读书，将来才有出息。”

“可是我就是没办法在这里待下去了。”

“子杉，别任性！爸爸妈妈都是为了你好。”

“我不管，我要回去，我要回去……”

秋母也跟着女儿大哭了起来：“子杉，爸爸妈妈就你一个孩子，你是我们全部的希望，你不为自己考虑，也为爸爸妈妈考虑考虑，好不好？爸爸妈妈送你去外面读书也是没有办法的事。”

“我不要、不要……”秋子杉拼命大喊大叫道，“我要回去、我要回去，我再也不要待在这里了。在这里的每一天，我都好痛苦、好难受，每一天都感觉度日如年，恨不得早一点死了算了。我再也不要待在这里了，我要回去，我要回去……”泪水，在秋子杉脸上无情地淌过，她两眼呆呆，嘴里囔囔着，“我要回去，我要回去……”

秋母也彻底崩溃了，面对女儿撕心裂肺的呐喊，她再也无力劝说：“那就回来吧！”她妥协了，女儿要真有个什么好歹，她该如何是好？

十二月，窗外秋色浓，绿叶渐残，离愁别恨终已逝，孤独的人儿终要还。

Chapter 25

/

似曾相识燕归来

这个记忆中温暖的季节，她曾种下了爱情的种子，又收获了友情的温暖。而今，这些温暖一去不复返，她又将何去何从？

（一）

重返彭城时，已是寒冬时节。冬天，这个记忆中温暖的季节，她曾种下了爱情的种子，又收获了友情的温暖。而今，这些温暖一去不复返，她再次丧失了那种感觉，成了曾经的那个她。

秋子杉回来的那天，秋母去车站接了她。久别重逢的母女，难免一阵伤心，但忽而想到过去的总算过去了，未来会更好，秋母又急忙转泪为喜，安慰起女儿来。虽说日子过得百折千挠，但秋母总是深信未来会更好，不知是她生性乐观，还是痛苦中的不得已。但总归来说，有这样的乐观是好的，不然何以在绝望的日子里绝处逢生。生活从来不会有一种绝望比心灵的绝望来得更令人绝望。母女二人在车站一番悲喜后，便回了家。

家，这个记忆中多么生疏的词！而如今不一样了，彼此间似有一种深情。对于这个家，大家开始倾注爱了。

母女二人沿着回家的路一步一步往回走。那个曾经的熟悉的回家的路，如今竟多了几分陌生感。她们沿着楼梯往上爬，秋父一人在家，好久没见到女儿了，他竟有几分紧张。

秋父在客厅踱着步。窗前，风铃静静；窗外，还刮着冷风。突然，他听到了门外的脚步声。是女儿！他小跑到门口，打开了房门。真的是她！他又朝楼梯口走了几步，笑容满面。

秋子杉提着行李，一步一个台阶，她每走几步就停下来歇一歇。秋父望着女儿那熟悉的身影，欣喜万分，禁不住叫了她的名字。

秋子杉抬起头，一看是秋父，顿时咧开了嘴叫道："老爸！"

“回来啦！”

女儿点了点头。是啊！她回来了。女儿看着父亲，鼻子却突然一酸。父亲瘦了！不像先前那么精神了，脸上多了几分倦意。他的手一只扶着栏杆，一只撑着自己。他笑得很开心，眼角的皱纹簇簇拥拥挤在一块儿，她不知什么时候起父亲的头发竟掉了这么多。秋子杉三步并做两步走了上去，扶起了父亲，努力笑道：“我们回家吧！”

秋父点了点头，眼里泛起了光。

现在是冬天了，南方刮的是北风，天又常下雨。这样的天，对于那些身体不好的，又上了年纪的就尤为难挨。女儿握着父亲的手，看着他，心疼起来：“怎么这么冰啊！”

秋父笑了笑，心里暖暖的。

看着久别重逢的父女终于有了父女的样子，秋母站在一旁偷偷抹了泪。她知道这一切都来之不易，有些事、有些恨，或许自己也该放下了。她走上来劝道父女二人：“好了好了，你们都别站在门口了，风大，赶紧回家！”

秋父这才反应过来，揉了揉眼睛，拉着女儿的手回家了。

晚上，秋母做了饭，秋父在厨房给她打下手，秋子杉在房里收拾东西。就要重新回到那个班级了，又可以见到想见的人了，可秋子杉的心里却不知是什么滋味。

到吃晚饭的时间了，秋母从厨房里走了出来。她想叫女儿，却看见女儿一个人在房间里发呆，又看了一会儿，才问道：“干什么呢？”

秋子杉晃过了神：“哦！没，没什么。”

“吃饭了！”

“哦！”

秋母又看了看女儿，觉得她不对劲。

“明天要不要叫夏雨他们来吃饭？”

“夏雨？”

“嗯！”

“为什么？”

“我怕你重新回去不好意思。”

“怎么会！”秋子杉没看秋母。

“那顺便叫上那两个男生吧！”

“欧阳、陆文杰？”

“嗯！”

“刚好你也很长时间没见他们了，人多家里也热闹些。”

秋子杉没有回答，心里头算是答应了。虽说早已丧失了想见他们的热情，但她是不排斥见他们的。当然，她也还记得他们是好朋友，可以一起欢笑、一起闹。只是，她忘了要怎么才能开心起来。也许，再次相逢的时候能够帮助她回忆起那种欢乐，那颗波澜不惊的心能够再次拥有生命的跳动。

第二天中午，他们三个结伴而来。秋父、秋母在厨房做饭，秋子杉在客厅给他们准备零食。一听到门铃响，她便朝门口走去，开了房门。

大家都好久没见了，久违的熟悉感在门开的瞬间涌上心头。他们看着秋子杉，笑开了花；秋子杉看着他们，想笑又想哭。

“亲爱的，好久不见了。”夏雨露出了一口大白牙，一把抱住了她。

“是啊！好久不见。”

“怎么样？还是这边好吧！”

秋子杉点了点头，看着门外。

陆文杰顿时领会了她眼神里的蕴意：“怎么，看帅哥看呆了？门都不让进了？”

“没有没有！”秋子杉这才晃过神来，给他们让了道，“快进快进。”

“我们很有自知之明的，先进去了。给你和某人独处的机会。”

秋子杉不语。

陆文杰推着夏雨进了客厅。欧阳独自站在门外，手捧着一束花，吞吞吐吐道：“好久不见！”

秋子杉瞥了瞥他，低下了头：“是啊！”

“你……还好吧？”

“嗯！你呢？”

“也挺好。”

“那就好！”

“喏！给你的。”欧阳把花塞到了她手里，“陆文杰说你喜欢这个。”

秋子杉接过了花，偷偷又瞥了欧阳一眼，便将它抱在了怀里，心里乐开了花。

欧阳看着她低头抿嘴在笑，心里满意极了，便僵着身子对她说道："那，那我先进去了。"

秋子杉"嗯"了一声，把门关上了。

凡是聚会，只要有陆文杰和夏雨在，气氛都不会冷淡，他们总能想到让人欢喜又百听不厌的话。就比如刚刚那束花，陆文杰一进门就可劲儿地说："某人可是特地问了你喜欢什么，什么时候回来？特意送的。你要不要干脆从了他？"秋子杉嘴上不说话，心里却是高兴的，她喜欢别人说欧阳和自己。这也是陆文杰的厉害，说话能说到别人的心坎里去。

女生之间的对话就不一样了，她们关心彼此，更关心彼此的生活："那里过得好不好？生活还适应吗？有没有交到新朋友？"秋子杉的回答自然是："还好！还好！有！"可是，话一出口，夏雨便看出了破绽，知道事情可能并不是这样。于是，夏雨看着秋子杉，便拉起了她的手道："走！亲爱的，我们去房间说。"

两个男生对两个女生突然的离开有些措手不及。不过，还没等他们晃过神来，房门便"咣当"一声，关上了。

两个男生突然被撂在了客厅，有些不知所以然。彼此对望了两秒，顿觉无味，还是看电视吧！

电视里放着的是看了一遍又一遍的偶像剧，剧情老套，毫无新意。秋父秋母在厨房做饭，偶尔"滋啦滋啦"的炒菜声传到他们的耳朵里，可惜还不是吃饭的时候。陆文杰拿起了遥控器，换了台，还是看综艺节目吧，现在客厅里需要一点欢笑。

房间里，夏雨拉着秋子杉在床沿坐下了。她看着她，满脸疼惜："亲爱的，你怎么闷闷不乐的？是不是有什么心事？怎么瘦了这么多？”

秋子杉叹了口气，她知道瞒不过夏雨：“我感觉我又抑郁了。”

“怎么会这样呢？没事没事，我们再去看一下医生，就好了！”

秋子杉笑了笑：“没事的！我不会有事的，你别担心了。医生我不想看了，看了也没用。”

“你别这么说嘛！会好的，你要有信心。我们不是好过吗？”

“你放心好了！有你们在，我会好起来的。”

“那……阿姨她们知道吗？”

“我没跟他们说，不想他们再为我的事担心了。你也答应我，别跟大家说好吗？”

“那一直这样也不是办法呀，好歹看看医生！”

“好了好了，我会去的，你就放心好了！”

“我怎么能放心呢！”夏雨又叹了口气，“怎么好端端又抑郁了呢！”

“我在那边过得不太好，所以才这样的。”

“没事没事！既然是这样，都过去了，会好起来的。”

秋子杉点头笑了笑，便挣开夏雨的手，站了起来，在房间里走来走去。

“亲爱的，你是不是还有什么心事？说出来会好一点儿，别老闷在心里，会闷坏的！”

秋子杉停了下来，回了她一声，又在房间里走了一圈，才在凳子上坐了下来。她随手拿起身边的抱枕，将它抱在怀里，呆呆道：“有些事我还想跟我老爸说，但是我怕他不肯原谅我。”

“傻瓜！怎么会这么想呢！他是你爸爸耶，有什么不会原谅你的。”

“即使我做了伤害他的事？”

“相信我！他是你爸爸，无论如何都是爱你的。他会原谅你的，你就别瞎操心了。”

“真的？”

“当然是真的了！”

“咚咚咚”的敲门声忽然响起，一句“我们进来咯”，门便被推开了。陆文杰走了进来，满脸不悦道：“你们俩在说什么悄悄话？也说给我们听一下呗！”欧阳跟在他身后。

秋子杉踢了两个凳子过去：“你们随便坐吧！”

夏雨却顽皮道：“既然说的是悄悄话，凭什么跟你们说。”

“啧啧啧！”陆文杰顿时撇嘴笑了起来，“看把你厉害的。”

夏雨也毫不自谦，接了一句“那是”，便让陆文杰无话可说了，惹得他只好“咿咿呀呀”学了一阵她说话，才转移了话题，继续取笑起秋子杉来：“怎么，今天某位帅哥送了你一束花，你不好好感谢人家，还把人撂在客厅。”说完，又对欧阳使了个眼色，露出了诡谲的笑。

欧阳则冲陆文杰笑了笑，无处安放的手搭在他的肩上，小声劝他不要乱讲话，眼角却情不自禁看了看秋子杉，看到她也在看他，顿时又羞红了脸，不敢看她。秋子杉更是低下了头，不再言语。

“你是不知道，某人上次可是特地向我打听你喜欢什么来着，还夸你是……”

没等陆文杰把话说完，欧阳便猛地一扑，将他的嘴堵上了。女生们惊讶地看着他们，小小的房间，顿时只剩一阵“嗯嗯嗯”的声音。

秋子杉一头雾水，完全不知所云。倒是夏雨“哦……”了一声，恍然大悟：“他夸你是出水芙蓉，出淤泥而不染。”

夏雨话一出，欧阳便松开了手，退到一旁，脸涨红到耳根。陆文杰却洋洋得意起来：“不愧是我女朋友，懂我啊！”

夏雨却脸一歪，不屑道：“少来！那是我聪明好不好？”

“是是是！您说的都对。”

“那不是废话吗？”两人哈哈大笑起来。

看着夏雨和陆文杰又斗起了嘴，秋子杉趁机转移了话题：“好了好了！你们两个就不要斗嘴了，我可是很好奇你们是怎么在一起的？”

“是咯！”欧阳附和道。

“你也不知道吗？欧阳。”

“是了！你可不知道，他们的嘴可严了，不拿扳手撬根本没办法。”

“真的啊！”秋子杉突然对夏雨撒起了娇，“小雨，你就快点告诉我吧！求你了。”

夏雨脸一红，一个干脆，把难题直接丢给了陆文杰：“你问他去。”

听到女朋友大人发话了，陆文杰顿时爽快地接过了话：“好！那就我来说。”

看客顿时兴致勃勃，洗耳恭听起来。夏雨却早已躲在了秋子杉身后，随时随地准备钻到地缝里去。

只见，陆文杰“嗯哼”了两声，清了清嗓子，一脸严肃起来：“那是一个清秋的夜晚……”

“哦……”看客浮想联翩。

“夜黑风高，月明星稀……”忽地，一个横空飞来的抱枕砸了陆文杰一脸，把他刚要说的话全给打了回去。只见，夏雨在一旁气势汹汹道：“夜黑风高你个头啊，不准胡说八道。”

这时，在一旁的欧阳帮腔了：“夏雨，你看你，脾气这么暴。我觉得陆文杰同学说得挺好的，渲染气氛嘛！”

“是咯！小雨，你就别生气了。”

陆文杰一见众人都在帮他，顿时底气又足了些，神气起来：“听到没有？注意你的淑女形象！不行你来？”

这下，夏雨无话可说了。

“那好！”陆文杰又重新起了势，“那就从头开始吧！”

夏雨一听这话，急忙以手遮面，不敢见人。倒是陆文杰一副事不关己的模样，继续说了起来：“那是一个初秋的夜晚，夜黑风高，月明星稀，秋天的风那个凉爽啊！马路上空无一人，真是天凉好个秋啊……”

“说重点，别废话。”看客着急了。

“好，说重点。”陆文杰又“嗯哼”了两声，故事就要到高潮了。

看客睁大了眼睛，伸长了脖子，他们可不愿意错过任何一个与故事有关的重点。可是这时，说故事的人却露出了“灿烂”的笑容：“重点来了！”他又看了看大家，“重点，重点就是……就是……到此结束……”

“什么？”看客顿时目瞪口呆，只有夏雨露出了大大的笑容。那个笑仿佛是在说：“还是你懂我，我就知道你不会说。”

但是，被戏弄了一番的看客岂能饶恕他们。秋子杉再也抑制不住激动的情绪了：“你们怎么在一起的？谁提的？什么时候？我们想知道的是这个，干吗不说啊？”

陆文杰朝秋子杉的脑袋敲了一个木鱼：“你怎么好奇心这么重啊？”

秋子杉捧着脑袋，瞪了一眼陆文杰，又眨巴眨巴眼睛对夏雨说道：“那小雨，你说吧！”

夏雨一个闪躲，顾左右而言其他：“好啦好啦，下次偷偷和你说。我饿了，我们出去看叔叔阿姨饭做好了没。”说着，拉着她就出去了。夏雨可是松了一口气！

（二）

晚饭过后，天色已黑，朋友们又说了一会儿话才回家。秋子杉的家里，秋母忙了一天也回房休息了。秋父坐在茶几旁，泡着茶，晚上吃得油，他得喝喝茶，去去油。秋子杉虽已回了房，但还不准备睡。她静静地坐在床沿，听着客厅里“悉索悉索”的喝茶声，有些不安。

客厅里，茶，一杯一杯地下肚。喝茶的人慢悠悠，秋子杉在房里，心却越来越不安起来。已经过了五次水了，这泡茶就要喝完了。“老爸要回去睡觉了吧！”她这么想着，不由得在房间里踱起了步。“该不该出去呢？”她一手杵着下巴，一手抱着自己，犹豫着。

犹疑之际，“吱”的一声忽从客厅里传了过来。“是推椅子的声音，老爸不喝茶了！”秋子杉心一紧，慌了。“他要睡觉了！”她想夺门而去拦住他，但脚刚迈出又收了回来。“还是算了吧！”她叹了口气，坐下来。

秋父从茶凳上站了起来。紧接着，是一阵“乒乒乓乓”的声音。又过了一会儿，声音消失了，他要往房间走去了！秋子杉彻底放弃了。她松了一口气，扑倒在床上，发起了呆。

秋父没有直接回房，他看见女儿的房门还开着，便绕路过来看了看：“睡觉要盖被子哦，不然着凉了！”

秋子杉吓了一跳，赶紧从床上爬起来：“还没睡呢！”此时，脑中那个念头忽又冒了出来：现在就说？

“早点睡吧，明天还要上课！”

“知道了！”秋子杉心不在焉地回了一句，秋父便心满意足地离开了。

秋父一走，秋子杉立马就后悔起来，但无奈嘴巴又鼓不起勇气，只好眼巴巴看着他离开，留下一地的懊恼。她敲了敲自己的榆木脑袋：“怎么这么没用！”只好作罢。

转眼，回到彭城已半个月。这半个月里，日子过得顺心顺意。久违的朋友，久违的课堂，虽然也曾深深受过伤，渴望逃离，可真正离开了，又多了一丝想念。

高三的生活，是简单的，也是乏味的。每天上课、下课，做作业、晚自习，早上六点起床，晚上九点回家，夜里十一二点睡觉。每天反复如此，生活如同机械一般，实在没什么可说。但平静的日子总有不平静的时候。那时，临近期末，小城却出了件大事。隔壁中学接连两个女生，晚自习回家的路上受了别人的玷污，至今未找到真凶。事情一出，不必说本校的学生，就是隔壁中学的学生听了也惶惶不安。班主任更是劝女生们晚自习后不要单独回家，甚至为全班女生安排起了同行的伙伴。秋子杉、夏雨自有陆文杰、欧阳陪伴，所以也能心安。只是与伙伴们告别之后的秋子杉，回家必经过一条羊肠小道。冬天的夜里，邻里们休息得早，路上常常无人。秋父因为不放心女儿的安全，每天晚上一到女儿晚自习下课的时间，便在这里等她。那时，她常常骑着自行车，一手扶着车把，一手搭着父亲的肩，与父亲同往家里去。所以，那年冬天，每天回家的路，夜的灯影下，都映着父女的身影。这样，她是有无数次机会同父亲说出自己的心里话的，可她任是由着日子一天天过去，始终无话可说。

秋父的生日很小，每年的腊月十五。年尾，年关将近，秋父的生日也就到了。今年，恰逢他五十虚岁生日，本来是要请客吃饭的，但秋父偏说："自己一家人吃吃饭就好，搞得这么麻烦干什么！"其实，他这是怕浪费，他这人怕给自己花钱。再者，秋父这人的性格向来随性，从不注意什么节啊日的，自己的生日不记得也是常有的事，更不必说给自己过生日了。

这年的腊月十五，是个好天气，又恰逢是周五。周五的晚上学校是没有晚自习的，所以傍晚一放学，秋子杉便往家里跑去了。虽说是秋父过生日，但这天他却做起了"厨师"，为母女俩露了一手。做出的菜卖相虽说是差了点，但吃起来却是别有一番滋味。大碗的菜、大块的肉，与秋母细致的刀工、精致的碗碟相比倒是大有不同。不过，母女两个还是给足了面子，个个吃得撑破了肚皮，席间欢乐更是不必多说。

晚饭过后，秋母便收拾起桌上的碗筷去厨房了。秋父今晚兴致很好，他想和女儿聊聊天。所以，吃完饭，他便摸着肚皮问女儿道：“喝茶吗？”

秋子杉一声“好”，爽快答应了。不料，她的话音刚落，厨房里便传来了秋母的声音：“你们吃饱饭休息一会儿再喝茶，这样对胃不好。”

父女二人嘴上虽答应了，脚步却又不自觉走到了茶几旁。

“想喝什么？”秋父烧上了水。

“都可以吧！”

“那喝肉桂？”

“喝淡点！”

“那就金骏眉了！”

女儿点了点头，秋父撕开了一小包茶便往盖碗里倒。刚好这时，水也烧开了。可秋父却不急着泡茶，他把水壶打开后，便和女儿说起了话。

通常情况下，第一道茶水是不喝的，往往拿来烫杯。喝茶人常讲“茶倒七分满”，斟茶时茶杯是不可以倒满的，倒满了要烫手，烫手了是要送客的意思。

秋父和女儿说了一会儿话后，便泡起了茶，茶泡好后，他又往女儿的杯里倒满了茶。茶还是七分满。

“尝尝！”

秋子杉点了点头，便拿起了茶杯，学起父亲的模样，闻了闻香。

“怎么样，香不香？”

秋子杉呷了一口，“吧唧”了两声，顿时唇鄂间一股清香冲上鼻尖，她兴奋起来：“有回甘耶！”

秋父笑了笑：“当然咯！好茶是能够唇齿留香的。怎么，要不要学泡茶？”

秋子杉一时兴起，便爽快答应了，与秋父换起了位置。

别看平时泡茶的人悠然自得，这泡茶啊，可不是一个简单活儿。秋子杉刚坐到泡茶的位置便慌了神，满目琳琅的茶杯、盖碗、茶海还有茶壶，她一时不知从何下手。

秋父在一旁看着女儿慌里慌张的样子，也不帮忙，只是笑着。秋子杉见此，只好硬着头皮上。她又重新烧起了水壶里的水，水开之后她就往盖碗里倒满了水，然后盖子合上，准备出汤。一切看起来有条不紊，下面的步骤她也了然于胸了，出汤、斟茶，她顿时松了口气。泡茶也不是那么难吧！可正当她信心满满地将手伸出去时，手却被烫得缩了回来。她顿时傻了眼，捂着自己的耳朵，看着秋父：怎么会这样？

秋父没有说话，她又呆呆想了几秒。这时，茶几上的一个镊子吸引了她的目光，她想用它将盖碗里的茶汤倒掉几分。只见，她又拿起了镊子，掀开了盖子，推了推盖碗，茶水被倒掉了几分，她又将盖子合上了。现在可以出汤了吧！她又伸出了手去，可惜盖碗早已被茶汤浸得滚烫，她依旧没法拿起它。最后，还是秋父帮了忙，这碗茶汤才出了杯！秋子杉只好一声叹息，没想到泡茶这么难！

“尝尝，怎么样？”秋子杉遗憾之际，秋父早已将杯子斟满。

女儿呆呆地看着父亲，隐隐觉得他的笑暗含他意，她不解，仍旧拿起茶杯，呷了一口。不料，茶刚入口，她的眉头就皱了起来：“怎么有股酸味啊！”

这时，秋母拿着抹布从厨房走了出来，边擦着桌子边说道：“你们泡的这泡茶啊，是不能用开水泡的。”

“为什么？”

“因为不同品质的茶对水的温度要求也不同啊！”

“所以老爸刚刚打开水壶是把开水放凉的意思吗？”

秋父点了点头。

“这第二啊，红茶是发酵茶，出汤一定要快，不能一直把它泡着、闷在盖碗里。闷久了它就有时间发酵了，发酵了自然就会有酸味。”

“原来是这样！”秋子杉没想到泡茶还有这么大的讲究。

秋母又回到了厨房：“这泡茶啊，里头是有大学问的。什么茶该用什么温度的水，什么时候出汤，都不能马虎。一不小心犹豫了，这好茶就泡坏了。这人生也是一样，有些事就是要抓准时机，时机过了，味道就变了。”

秋父又拿起了茶杯，喝起了茶，眼神飘忽不定。秋子杉静静地坐在他身旁，握着茶杯，好似在认真思考什么。

厨房里，碗筷“乒呤乓啷”在响，电视机里，人们“咿咿呀呀”的，不知在说些什么。秋父坐在凳子上一动不动看着电视，秋子杉低着头想着自己的事儿。忽然，她叫了一声：“爸！”

“怎么了？”秋父面露难色，惊讶地看着女儿。

“有件事我想跟你说。”

“什么事啊？”

“我，我想向你道个歉。”

“道歉？道什么歉？”

“去，去年的那个晚上，是我不好，我不该那么跟你说话的。”

“去年？”秋父仍是疑惑，“去年哪天？”

“就是，就是你受伤的那天。”秋子杉咬了咬嘴唇，又低下了头。

秋父的脸僵住了，他愣了愣，慌张起来：“哦！那天啊……那天是老爸喝醉了。”

他喝了口茶。

“不！”秋子杉抬起了头，却不敢看父亲，“那天是我不好，我太不懂事、太任性了，不该那么说话的。要不然，你也不会受伤。”

秋子杉又低下了头。

“那天老爸喝多了，是不是吓着你了？”

秋子杉用力地摇了摇头：“那天是我不好，是我不好。我太不懂事、太不乖了，才害得事情变成了那样。”秋子杉哭了。

“不是这样的，老爸也有错，老爸那天……”秋父没把话说完，只是懊恼地低下头，“哎呀”了一声，骂了自己一句，“真是该死！”

“那，那你不恨我吗？”

“恨？”秋父目瞪口呆，“你怎么会这样想？”

“我，我以为你会。”

“怎么会呢？傻瓜。”秋父也哭了。

“真的？”

秋父又点了点头。

秋子杉大哭起来。

秋父重新把水烧上了，水壶里的水又“咕噜咕噜”响起来。

秋母在厨房，忽听到女儿的哭声，急忙跑了出来：“怎么了，怎么了？怎么好好的就哭了？”

秋父坐一旁，嘴里囔囔地说道：“当然是真的了！”

秋母一听，满脸愕然。她不知父女二人又发生了什么，只看见一个在哭，另一个说了一句“胡话”后就端起茶杯往嘴里送。秋母看着秋父，眼角挂着泪，又流到嘴边，秋父又喝了口茶，竟就着那泪水一起下了肚。秋母不解，也无从得解，只好又看着女儿，替她擦了泪。

今晚是十五，月圆的日子。窗前的月，又明又亮，亮在深深的夜里，黑夜没有吞噬她的光芒。今晚，月色真美！

Chapter 26 / 人生如梦梦初醒

时间是一座座坟墓，埋藏了一段又一段的回忆；过去是一具冰冷的尸体，安静地躺在土地里。成长是掘墓人，它要我们直视过去。

时间是一座座坟墓，埋藏了一段又一段的回忆；过去是一具冰冷的尸体，安静地躺在坟地里死去。成长是掘墓人，它要我们直视过去。

还有不到十天就过年了，期末考试终于来了，学校放了寒假。不过，高三的寒假可不是轻松的，还有 100 多天就高考了，老师更是怕同学们荒废了学业。这不，考试刚结束，她就跑到班级来给大家布置作业了，千叮咛万嘱咐大家一定要认真复习，不准贪玩。话一出，班级一片怨声载道，同学们还是爱玩的。

老师一看大家的反应，便说道:“高考结束了，你们想怎么玩就怎么玩。”高三的老师总是擅长用未来的时间来安慰痛苦中的学子。大家无可奈何，只好“哎”的一声叹息，认命了!

“那同学们，我们明年见了!”随着班主任最后一句的告别，这学期总算结束了。

男生们连看都没看老师一眼，便急着说完“老师再见”，冲出门去了。这会儿，他们脑子里想的念的全是“篮球赛，篮球赛”，哪管什么三七二十一!

他们出门时，(8)班的老师也刚布置完作业离开。这会儿，已有同学在班级热身了，他们一看(7)班的男生也冲了出来，便兴奋地大喊起来。

门外的人一看门内的人大声呼喊，也跟着齐声叫唤起来，勾肩搭背着就往对手身边冲去。学期的最后一天，两个班级要打一场友谊赛，给这学期画上圆满的句号。

女生当中懂球的很少，她们的乐趣大多不在此，但事关两个班级的荣誉，她们也就一起来加油了。本来秋子杉和夏雨是不喜欢热闹场面的，但欧阳和陆文杰都上场，她们只好也跟来。

虽说学校是放了假，班级里一片空空，但操场上人还是多的。女生们来的时候，男生们已经在场上活动开了。她们一看比赛时间还没到，便占据好位置开始聊天了。

十分钟后，隔壁班的一个男生带着哨子，拿着记分牌走了过来。场上的人一看便做好了姿势，等待裁判发号施令，女生们见状也收敛了几分，比赛就要开始了。

随着裁判“哔”的一声吹响了哨子，场上顿时活跃起来。篮球被抛至空中，鞋子摩擦着地面发出“滋啦滋啦”的声响，比赛场上，众人抢夺着一个篮球。

一开始，女生们还很激动，篮球一被抛至空中，她们便放开了嗓门，高声呼喊“加油”起来。不过，几分钟后叫喊声就停了，因为她们发现这场比赛似乎还很漫长，但她们的嗓子已经累了。于是，下面的时间有人中球了，她们才欢呼一阵，一边喊着还不忘监督裁判翻牌记分。有时，他少翻了一分，立马就会招来不满。“裁判，错了错了。”于是，一声起，群起而攻之。

秋子杉和夏雨是少数看球不说话的，一来她们性格如此，二则她们对篮球确实一窍不通。一场球赛几个人打？三分球、两分球，为什么还有一分球？球赛分上半场和下半场？一场球赛几分钟？她们都是一头雾水。只是看谁投中了，好像还不赖。那个谁又没中，额……反正她们也不知道其中有多难。那就看胜负吧！这好像还比较容易懂些。常言说，不以成败论英雄，好像这对门外汉来说还挺难的。

正当大家闲话之余，欧阳忽投中了一球，场上女生顿时一阵尖叫。秋子杉默默地笑了笑，看着裁判在记分牌上翻了 2 个数字，顿时恍然大悟道:“原来你们班是黑色的那个啊！”

夏雨顿时瞪大了眼睛，满脸惊讶地看着她:“难道你到现在才弄清楚你们班是哪个队？”

秋子杉一阵木讷，傻傻地冲夏雨笑了笑。

“那你这么久都在看什么了？美男？”

秋子杉愣了愣:“说实话，我一直都看得云里雾里的。我看着他们拼命从别人手里去抢那个球，就想为什么要去抢呢？明明都在别人的手里。”

“亲爱的！”夏雨一本正经道，“我们是在看篮球赛，不去抢，难道等着球自己跑到手里来吗？”

“说的也是哦……”秋子杉一阵尴尬，她向来缺乏竞技体育精神。

又过了一会儿，球赛已过半场，场上要换场地了。打球的终于可以喝口水，休息一会儿。夏雨看着秋子杉死气沉沉的样子，便说道:“你要是觉得无聊了，我们可以去买点喝的。”

“其实无聊也还好，我只是有点不自在。”

“不自在？为什么？”

“我觉得人有点多……”

“人多？”夏雨望了望四周，“好吧！那……我们去逛逛，一会儿再来？”

秋子杉点了点头。

“你确定不看咯？”夏雨又看了看场上的欧阳。

“我们一会儿就回来。”

夏雨只好陪着秋子杉先离开。

说是一会儿，其实是很久。她们回来时，球赛已接近尾声，红队遥遥领先。场下的人见输赢毫无悬念，也随便看了起来，谈话的谈话，嬉闹的嬉闹，唯有场上的人还不愿放弃。

最后，当然还是（7）班赢了，（8）班输了。随着裁判又一声哨声，比赛结束了，这学期总算真正结束了。他们中的几个直接就躺在了地上，有几个还不忘和对方握手、拥抱。这学期的最后一场球赛打完了，他们也心满意足了。

这时，夏雨和秋子杉见球赛终于结束，场上的人可以休息了，便拿着饮料朝欧阳和陆文杰走去。这会儿，他们还在擦汗，一见消失了许久的两个女生忽又出现，不禁笑了。陆文杰更是不忘戏言：“哟，夏雨同学，您老人家消失了这么久终于出现啦！”

不料夏雨却俏皮地回道：“没想到您老人家这么关心我啊！打着球，还惦记着我。”

“那是必须的！”陆文杰笑嘻嘻道。

夏雨扔过了手里的饮料：“喏！赏你的。”

陆文杰一把接住，又是笑道：“您老这么体贴啊，小的真是倍感荣幸！”

秋子杉眼看两人又打情骂俏起来，便走到了欧阳身边，将饮料递给了他。

“辛苦了！”她说。

欧阳看着她，轻声回了句“谢谢”，便打开瓶盖，“咕咚咕咚”喝了起来。

秋子杉站在一旁，看着他喝水的样子，不禁抿嘴偷笑了。欧阳虽说正喝着饮料，但眼角的余光还是看到了她，知道她也在看自己，不禁跟着害羞起来。两人都还太腼腆，不敢多说话。

“要不，我们还是去看小雨和陆文杰他们吧！”秋子杉说道。

欧阳一声“好”，他们便走了过去。

冬天的夜，夜晚来得早，球赛打完，天已经黑了。操场上，渐渐只剩稀稀落落的几个人。

秋子杉走到夏雨旁，看见他们两个还在斗嘴，便问道：“你们两个在聊什么啊？这么开心。”

夏雨道：“某人在低调地吹嘘他们的胜利。”

秋子杉笑了笑。

陆文杰又得意起来：“输赢并不重要。”

夏雨一听，立马“哎呦”了一声，看把他得意的。

“你们看到的是输赢，我们享受的是过程。对不对，欧阳？”

“对！过程比结果更令人回味。”

“好好好，你赢你说什么都有理。我们可以走了吗？”

“走？上哪去？好不容易放假了，这么早回去干吗。再说了，有人可是有话要和子杉说。”陆文杰用手肘推了推欧阳，挑眉笑道。

欧阳顿时面红耳赤，笑了笑：“别听陆文杰瞎说。”

夏雨也跟着唱起了双簧：“看来，该走的是我们才对吧！”

“是咯！那我们就识相点，不给你们当电灯泡了。”说完，他便强行拉过夏雨的手，和她打打闹闹着走了。

两人就这样被抛在了原地。操场上，灯亮了，两人呆呆地望着对方，一动也不动。这一刻来得太突然了，他还没准备好呢，怎么办？秋子杉立在原地，眼睛正看着别处，她在等着他的主动，可他却还在犹豫。

“要不，我们边走边说吧！”秋子杉打破了宁静。

“不！”欧阳脱口而出。

或许，是话说出口后发现自己反应太过激烈了，他又稍微平复了情绪：“要不，我们找个地方坐一坐？”

秋子杉答应了。

“那……去亭子里吧？”

他们低着头，走了过去。

一开始的谈话是东拉西扯，有上句没下句的。平时喜欢做什么？最近在读什么书？喜欢哪些作家？最喜欢什么地方？诸如此类的问题，秋子杉都一一回答。只不过话答完，空气就又沉默了。他太紧张了，刚才的问题已经耗光了他所有的想象力；而她又太被动了，总在等着别人的主动。

天黑了下来，冬夜里的风吹着他们的脸，秋子杉“唏嗦”了一声，欧阳看了看她：“冷了吧？”

秋子杉硬着嘴回道：“还好！”

欧阳突然低下了头：“对不起，我从小就比较内向，不大会说话。”

秋子杉摇了摇头，笑道：“没事的，你别这么想。”

“和我说话很无聊吧！我不像陆文杰和夏雨他们那么有趣。”

“我也是一个很无聊的人啊！”

两人相视而笑。

“说实话，我真的很羡慕他们两个总能那么风趣幽默，每次我看着小雨，总觉得她整个人都在发光。难怪有那么多人喜欢她！”

“是啊！他们的语言都很活泼。”

“活泼得令人羡慕……”

空气安静了下来，微弱的灯光下，他们俩的影子静静趴在地上，秋子杉忽然问了一句：“为什么？”

欧阳不解。

“为什么从小就内向？”

欧阳避开了她的目光，忽然望向了远方，不说话了。今晚的月色很美，周围静悄悄的，风吹得有些冷，他把手插进了口袋：“小的时候可能是因为长相问题吧，经常有人说我长得像女孩子，然后偶尔会来找我麻烦。可能是这样，我从小就喜欢一个人待着。刚上高中的时候，看你总是独来独往，莫名就对你有一种亲切感。或许，我们很像吧！”他又对她笑了笑，“其实……我也有过一段时间的抑郁。”

秋子杉猛地抬起了头，怜惜的眼神看着他：“那后来呢？”

“后来我就转学了，新同学对我都很好，也有人喜欢跟我玩，心就慢慢打开了，心情也好了很多。”

“那你……和他们说过吗？”

欧阳摇了摇头：“只跟你说了。”

秋子杉笑了。

“那……你呢？”

“我？”秋子杉一阵木讷。

“对啊！为什么这么小心翼翼和人相处？还有……以前为什么总是一个人？”

为什么？秋子杉也在心里问自己这个问题。为什么过去这么长的岁月，她从未想过要交朋友？为什么她会孤单单的？她在脑中极力寻找答案，问自己。但一切只是徒然，她没有找到答案：“从我有记忆之年，我感觉自己一直就是这样，我也不知道为什么。好像我从来都不会去关心为什么没有朋友，更或者其实我自己都不知道玩到什么程度才可以称作朋友。”

“一个也没有吗？从小都没有朋友？”

秋子杉又认真想了想，忽然问道：“你对朋友的定义是什么？什么样的人才可以称作朋友？”

“就是可以一起玩、一起聊心事的啊！”

秋子杉皱着眉头，翻了许久的记忆：“那这样算有一个吧！不过是很早以前了，我已经很久没见过她了。”

“有多久？”

“她是我小学一年级的同学，我三年级转学后，就再也没有见过她了。”

“那的确是够久了。她是你那时唯一的朋友？”

秋子杉点了点头。

“那后来都没再交到朋友了？”

“嗯！我好像脾气太古怪了，大家都不太喜欢我！除了她跟我玩过。”

秋子杉呆呆地盯着地面，声音有些低沉，她陷入了回忆：“她是我同桌，我们每天一起放学，一起和其他同学跳皮筋，还一起赛过跑。记得有一年冬天，体育课，我们两个都穿了毛拖鞋去，结果那节课上的是短跑，老师硬要我们两个赛跑。结果，我们两个就只好穿着拖鞋跑步，我跑到一半的时候鞋子还掉了一只。她的脚抓得可紧了，居然一直跑到了终点。”

欧阳哈哈大笑起来，秋子杉继续道：“还记得有一次，我们两个语文考试都不及格，然后老师就罚我们把试卷抄十遍，我们就比赛第二天看谁先抄完。结果，你猜谁赢了？”

“谁赢了？”

“我赢了！”秋子杉顿了顿，“因为我让我两个姐姐替我抄了六遍。”

欧阳又大笑起来。

“我还记得第二天到班级后，我在她面前洋洋得意地笑她动作慢。结果，她没有办法只好在一旁又抄起了卷子来。”

欧阳看着她又笑了起来，他觉得她的话匣子打开了，他们之间也是可以轻松畅快地谈天的。今晚，他们之间的距离比以往任何时候都更近了。他看着她，可秋子杉的情绪却突然低沉起来。

“怎么了？”

秋子杉的思绪戛然而止，目光停滞住，不说话了。一个黑影突然闪现在记忆中，原本亮堂堂的教室突然黯淡下来。她坐在座椅前，朝门外望去，一个身影正迈着大步，朝她走来。

“怎么不说话了？”欧阳有些担心起来。

秋子杉看着那个身影一点一点地朝她逼近，身影每走一步，她内心的恐惧就加剧一分。她想拔腿就跑，可无奈脚被粘住了，她一动也不能动。她没有回答欧阳的话，双眼怔怔地盯着前方，那个身影朝她走来了。

秋子杉突然摸着自己的脸，“啪”的一声从耳边飞过，她被人打了一巴掌。她捂紧了自己的脸，泪水掉了下来。

欧阳不知所措，焦急起来：“是不是想起什么了？”

秋子杉一脸木讷，记忆把她带回了儿时时光。她回忆起了一些往事，一些已经被遗忘了的往事，泪水顿时如雨下。她呆呆地坐在石凳上，凄冷的月光照在地上，冷风冻寒了她的手，往事如泉涌般，一发不可收拾。欧阳在一旁，手忙脚乱，努力地想要安慰她。可秋子杉呆呆的目光，始终望着漆黑的夜。忽然，她说了句：“我没事。”

欧阳这才松了口气，递上了纸巾。

她没有擦泪。冷风吹着湿嗒嗒的面庞，似乎身体的刺痛能减轻一点心灵的痛。她不曾想过，尘封的记忆竟有如此威力，能让好好的人顿时泪如雨下。原来，那份痛苦、那个“结”，它真的一直在，一直都在，只是她选择将它遗忘了。年幼的人，年幼的曾经的人，只是你还没有那么强大的身心去承受那痛，所以才将它忘了。曾经的无知、无觉，还有无情，皆是无法承受这痛吧！但偏偏又是你的软弱，才注定了此“劫”，不是吗？可怪你，是不是又太无力了？小小的你，小小的心灵，小小的承受力。但此刻，长大了的你，那颗成长了的心灵，回忆起了所有，那颗心不再是那颗小小的心了。很痛苦、很难受，是吧？别害怕，心再痛一下就好了。好了，你就真的好了！

风又起，泪遽下。你站在十年之外的光阴，跳进十年之前的深渊，所有痛苦、悲伤的起源，这一刻你将它暴露在了月光之下，把自己救了出来。你说："她走了过来，朝我打来、骂来，敲我的脑袋，扭我的耳朵，大大的手掌把脸打得好疼、好疼……"

时间过了，我们以为忘记了的，却如此清晰。人生如梦，一眨眼竟是十年。十年如梦，你晃着一副躯壳穿梭在时间的迷雾里，找不到出来的路。这里本没有路，这里是无垠的深渊、你的梦，世界一片静悄悄。而如今，梦醒，用心感受吧！

Chapter 27 / 又是一年春雨时

生命是一场奇妙的旅程，我们都在旅途中寻找自己，认识世界，与理想相伴，所有的风景都有了新意。

现在又是春天了，万物复苏的季节。他们是属于春天的，他们还年轻，未来还很长。这是高中最后一个学期了，他们马上就要高考了，高中生涯要结束了。

三月、四月是最后的冲刺。铺天盖地的测试、各地的高考卷、做题讲解，生活里全是那场考试。五月，距离高考还有三十几天，黑板上的倒计时一天天减少，生活里除了偶尔的闲聊之外，大家无暇顾及其他。

五月下旬，学校开始放温书假，大家都不去上课了，自个儿回家梳理知识点，这是那场考试留给大家的最后一点时间。大多数同学是不敢懈怠的，即便知道这几天的温习对于那场考试帮助有限，大家就是不敢放轻松。当然了，凡事都有例外，并不是所有的人都愿意埋头苦读，陆文杰就属其中一个。

放假前的傍晚，学校敲了铃，同学们已相继离开，陆文杰和欧阳还在课桌上读读写写。笔尖落在纸上，沙沙作响，桌上的模拟卷一点点被填满，两人严肃而认真。

“明天我们爬山去吧？”陆文杰忽说道。

“爬山？”欧阳几乎惊叫起来，他没开玩笑吧！

“我说真的。”

“你都复习好了？”

“无非就平时那些。”

“你心可真大！”

说话时，夏雨进来了。她看见秋子杉也在忙，便往她的位置走了去：“还没写完呢？”

“是啊！”秋子杉看了她一眼，又认真起来。她看了一会儿，便往陆文杰的位置走去了：“居然这么认真！”

陆文杰没有回她。他做起功课的时候，倒还是认真的。

又过了一会儿，他突然问道：“明天去不去爬山？”

“好啊！”

秋子杉惊讶地转过身：“你们两个心也太大了吧！马上就要高考了。”

“子杉，你也去吧？”

陆文杰停下笔，伸了个懒腰：“不要整天像个书呆子一样，除了读书还是读书。”

“我可不敢跟你们一样，我要好好复习。”

“就当作考前放松咯！”

“我可不敢这时候放松。”

“那欧阳呢？”夏雨又问。

“我都可以啊！”

“都可以！”秋子杉瞪大了眼睛，“你刚刚不是也说他们心大来着。”

欧阳笑了笑：“我觉得考前心态也很重要啊，去放松放松说不定对复习更有帮助。”

秋子杉瞠目结舌。

“好了，那就说定了，明天早上八点半。”

“我可没说要去！”

夏雨过来拉住了秋子杉的手：“我们就去半天，就当考前放松一下！

你不去，我们几个去多没意思啊。”

“是啊！”

“是咯！你就不要再矜持了。”

秋子杉叹了一口气：“好吧！”没办法！他们去她当然也想去。

“那就说好了，明早八点半。”

南方的五月，已是夏季，火辣辣的太阳，蝉儿也开始乱叫。早上八点，大家陆续出门，这会儿太阳已高高挂。虽说空气还残留了点清早的凉风，但很快焦躁的空气便贴着身上的每一寸肌肤。上午九点，他们到达山脚，天气已酷热难耐，他们应该提前两小时出发的。

大家站在山脚，抬头望了望山，秋子杉深深地叹了口气。她无辜的眼神望着夏雨，仿佛是在请求：我们可不可以不爬山！

大家没有理会她。这时，一旁的陆文杰早已按捺不住，说了句：“走吧！”便轻松地往山上走。

夏雨见此，耸了耸肩，便过来拉着秋子杉的手，说道：“我们也走吧！亲爱的。”

秋子杉欲哭无泪，只好老老实实跟着登上了石阶。虽然，她的心里现在有一万个不愿意。

欧阳跟在秋子杉后头，他知道她不擅长运动，想着在她身后能够照顾她。夏雨则陪着秋子杉又走了一段路，才去追陆文杰了。

上午近十点，烈日当空，山已经爬了一半，四人站在裸露的岩石上，太阳 360 度照射着他们。陆文杰忽然停了下来，擦起汗来，夏雨看了看他，也跟着停了下来。她的脸已被晒得通红，正站在一旁气喘吁吁着。陆文杰见她满面通红的样子，心里虽是疼惜，嘴巴却忍不住调侃起来："昨天不是还兴致勃勃来着？"

夏雨的五官蹙在了一起："谁会想到山上这么死热！还不是你提的好建议。"

"好了好了，再坚持一会儿。山顶有树，就凉快了。"

夏雨抬头望了望山顶：是啊！那里有树。她长叹了一声，喘了两口气，又硬着头皮继续爬了。

四人的交流渐渐少了起来，现在大家谁也不想说话，空气的温度已经让他们丧失了交流的欲望。此时，他们的脑子里想的全是山上成群的树荫、凉快的风，巴不得一股脑儿飞到山顶，省得再遭这份罪。可是，他们的心越急，步子却不由得越来越慢起来。体力就要耗光了。

就这样，约莫又过了一刻钟，大家终于看到了树荫。夏雨和陆文杰抖了抖精神，便一路小跑起来。欧阳和秋子杉在后，步子也快了许多。

他们两个是一路冲到树荫下的。天一凉快下来，他们的眉宇便舒展开了，嘴巴也愿意说话了。

陆文杰坐在石阶上，夏雨半摔在他身上。他们歇了一会儿后，欧阳和秋子杉才赶到，大家的心情都轻松了许多。

秋子杉走到树荫下，找了一块石阶，拍了拍。刚准备坐下时，夏雨和陆文杰就站了起来。他们的体力已恢复，现在准备往山顶冲刺了。秋子杉目送着他们走远，便和欧阳继续在树荫下休息起来。又过了一会儿，她和欧阳才往山顶走去。

或许是那晚敞开了心扉，两人之间的话也多了起来，一路上有说有笑的。说得正尽兴时，忽一阵凉风起，秋子杉突然不说话了。欧阳看着她，没了笑容，担心起来："怎么不说话了？"

秋子杉愣了愣，笑道："没什么！"

他知道或许在她的心里一直都有一片属于自己的世界，他愿意尊重那个只属于她的世界，却又忍不住想要了解那个世界，分享她的秘密。

"你可以跟我说的，我愿意听。"

秋子杉一惊，随后是一个灿烂的笑容："那……你可以替我保守秘密吗？"

欧阳点了点头，可秋子杉忽又没了笑容。她低下了头，仿佛又沉醉在自己的世界中了。

她在想什么？他在猜。

秋子杉在想该如何跟欧阳开口，又要从哪里说起。她想知道他知道真相后，会不会嫌弃她、厌恶她？或者干脆把她当骗子看。她在犹豫，不知该说还是不该说，但想得越多心就越乱，干脆什么也不管了：还是说吧！

秋子杉吞吞吐吐起来："其实……"

欧阳又看了看她，耐心地等着她的话。

"你会讨厌一个骗子吗？"

欧阳满脸愕然："为什么突然这么问？"

"就是突然想到了，你会讨厌吗？"

“这要看情况吧！并不是所有的谎言都十恶不赦，也不是所有的骗子都是故意要去骗人的。”

“真的？”

“真的！”

“那好！”秋子杉倒抽了一口气，突然看着欧阳，认真地说道，“其实……我从来都没有得过‘睡病’。”

欧阳睁大了眼睛。

“那是我骗大家的。”

欧阳瞠目结舌，他不知道她要说的是这个！秋子杉看着欧阳吃惊的样子，也不说话了，自己先往前走去了。她怕从他的眼睛里看到鄙夷的神情，那会深深伤害到她，虽然她的的确确做得不对。

欧阳晃过了神，跟上了她。

“那些时候……我真的不知道该怎么办，因为我真的很怕很怕，可是我又找不到什么可以解决的办法。我知道这样很不对，大家都对我这么好，我还做出了那种事……我知道你一定吓了一大跳吧！你那么相信我，我却这样……”

“不得不装晕倒，对吧？”

秋子杉停了下来，两眼怔怔地看着他，泪水瞬间充满眼帘。她没想到他会这样回答。

“我知道你一定有不得不这么做的理由！你害怕，对吗？”

秋子杉点了点头，又看着欧阳：“那，那你不觉得我是个骗子，讨厌我吗？”

“当然不会了！我怎么会讨厌你呢？况且，每个人都会说谎。”

“真的？”

“真的！”

“可是……我是个胆小鬼，居然因为害怕被老师批评做出这样的事来。”

欧阳摸了摸她的头：“没关系的！我们现在不是不怕了吗？”

山顶忽传来了夏雨的声音：“子杉，你们快点，这里好美啊！”

“那时，我真的好害怕自己做不好，她们会骂我或者打我。我真的不想这样，所以才假装睡着了的。”

“但陈老师人很好的，她不会这样。”

“嗯！现在我知道了，只是因为那个老师她曾经那样对过我，以致我觉得每个老师都跟她一样，但现在我知道了，并不是！我以后再也不会这样了。”

“嗯！”欧阳看着秋子杉，笑了。

山顶又传来了夏雨的声音，她在催促他们了：“子杉，你们好慢啊！这里真的好美，你快来看。”

秋子杉擦了擦眼角的泪，深深地吸了口气，仿佛卸下了千斤的重担。她笑着转过了身，朝山顶大声说道：“好！我现在就过去。”她回头又冲欧阳露出了灿烂的笑容，“看我们谁先跑到山顶！”

“嗯！”

秋子杉又看了看欧阳，转身就迈着轻快的步伐上了山。欧阳看着她渐行渐远的背影，不禁微微笑了，也一路小跑起来。

“你们好慢啊！”夏雨一见到他们，便埋怨起来。

“人家有悄悄话要讲，你有意见？”

夏雨瞪了眼陆文杰：“你不说话没人把你当哑巴。”接着，她又走过去，拉住秋子杉的手道，“亲爱的，我们走，去亭子里看风景！”

她们走了过去，欧阳和陆文杰跟在后头。

“这里风景好美啊！”秋子杉的眼睛突然亮了。

“是啊！”

“等我们高考完了再来吧！这里的风景实在太好了。山连着水，水的尽头又是山。”

“谁刚刚还抱怨来着？”

“好了好了，陆文杰同学，您就忘了刚刚的事吧！”

“那我们就说好咯，考完试再来。”

夏雨冲她点了点头，在一旁的欧阳望着她也笑了。他们四个站在亭子上，望着山下的溪水绵延弯向几千里，夏雨不知为何，突然感伤起来：“马上就要高考了啊！”

“是啊！”秋子杉也跟着凝重起来。

“对了，你们毕业之后都想干吗？”

秋子杉愣住了：“我还没想到耶！”

“那你想干吗？”陆文杰回问夏雨。

“我？我啊，我想成为一名作家！”

“啧啧啧！”陆文杰笑了起来。

“那你呢？欧阳。”

“我想以后专研物理。”

“那就是物理学家咯！也好了不起。”秋子杉突然慌张起来，她不知道为什么大家都有自己想做的事，她就没有。她皱了皱眉头，沮丧起来，心里不停地问自己：为什么？为什么？

夏雨看穿了她有心事，便问她道：“在想些什么呢？”

秋子杉看着她，满脸惆怅：“我在想我为什么不能像你们那样轻松说出自己想做的事。”

“你也可以啊！”夏雨笑了笑。

“真的？”

“当然咯！”

“我也可以像你们那样轻松说出自己想做什么？”

“嗯！只要你用心去找，用心倾听心灵的声音，终有一天你会听到来自灵魂深处的那个声音。”

“她会告诉我想做什么？”

“对！她会告诉你想要做什么，你该去向何方。也许，一开始她很微弱，但是相信只要你锲而不舍地坚持，那个声音会越来越清楚的。”

秋子杉眼里泛起了光。那是她向往的生命，生命不再虚无、空幻，她不再浑浑噩噩、无知无觉。生命是一个方向，她不再望着茫茫天地，举步维艰。

“也许过程会很漫长，但只要你勇敢、坚持，相信你一定可以找到的。”

“那就是理想！”欧阳补充道。

“理想？”

“嗯！”夏雨点了点头，“有理想的人生是幸福的。你知道吗？子杉。世界之大，无奇不有，美好的事物不胜枚举，然而生命有限，世间美好我们不能一一经历，这时唯有清清楚楚、明明白白地知道自己真正想要什么，不想要什么，才能不为错过世间那些不必要的美好而捶胸顿足、扼腕叹息。”

“不必要的美好？”秋子杉愕然，“什么是不必要的美好？”

“就是除了你真正想要的之外，其他的都是不必要的。”

“所以找到理想之前，我应该先了解自己咯？”

“可以这么说。只有了解了自己，你才能知道自己真正想要坚持什么、热爱什么。”

“我想要的坚持就是理想？”

“嗯！”夏雨补充道，“终有一天，你会清楚明白你想要什么，你的人生之路该往哪儿走！”

“我的人生之路？”

“嗯，你的人生之路！”

秋子杉的思绪有点混乱，他们用了太多她所陌生的词汇了。这些词汇对于她来讲既遥远又空泛，她从未想过这些词背后所饱含的深意。这时的她，还无从理解夏雨、欧阳他们口中的理想、人生之路意味着什么。

秋子杉一脸茫然，看了看夏雨，又看了看远处的山，似懂非懂地点了头：“我会努力的，终有一天我会将她牢牢握在手上。”

“就是这样。加油吧！亲爱的。”

“如果有一天她找不到怎么办？你们还要这么鼓励她去寻找吗？”陆文杰突然泼起了冷水。

可是夏雨仍旧信誓旦旦：“会找到的！只是时间早晚的问题，还有你愿不愿意不顾一切地去坚持。”

“不顾一切地坚持？不是每个人都像你一样，愿意去受伤，愿意去叛逆。”

“那你觉得值得吗？小雨。”

“我？我当然觉得值啊！因为这就是我真正想要的东西，我愿意为了她不顾一切。”

“找到理想不是一件容易的事，实现理想更不容易。终有一天，现实会给你们沉痛的一击，你就会尝到失败的苦果了。”

陆文杰的这些话，激怒了夏雨。她气愤起来：“理想在未达到之前，所有的跌倒都不算失败。她是我这辈子想要坚持的事，不论怎样我都会一直坚持，只有我自己放弃的那一刻，我才是彻头彻尾的失败了。”

“好了好了，不要吵起来了。”欧阳劝道，“或许可以这么理解，你们觉得理想存在的意义是什么？是为了实现？还是为了赋予生命意义？要知道，实现它的时间或许只是某一天，某一时刻。实现了，便消失了，人生又将丧失目的，生命又重回到一种虚无的状态。但是我们的人生实际是由无数个日夜组成的，我们如何充实地度过每一天？理想赋予每个平凡的日子意义。生命不是为了最后那一刻的完成，而是如何充实地度过无数个日日夜夜。这么来想，能否找到理想、实现理想是不是又不那么重要了呢？我这一辈子都走在寻找理想的路上、实现理想的路上，谁能说这不是人生的一个目的呢？谁又能说我荒度了人生呢？”

“是啊！”夏雨同意道，“或许是我们太在意那个终点了，而忽略了生命的本质其实是无数个日日夜夜，而不是那最后的终点。”

“嗯！生命是旅途，不是目的。她存在的意义是让我们的生命有方向可循，而不至于在人生的路上迷了路。”

空气安静了下来，大家都不说话了，静静地感受时间从生命里流过的痕迹。未来，还很长。他们有的要在理想的陪伴下继续前行，有的刚要踏上寻找理想的路，有的还未准备好。无论怎样，时间是从不会停止的，她们只会向前、向前，一直向前。无论此刻生活多么美好，时间终会将它化为记忆，在前面等待的唯有余下的人生。而未来，他们将分崩离析还是携手共进，命运会如何，又是另一个故事了，而这个故事在这里就要结束了。

当然，最后我仍有几句话想说，以此来结束这个故事：现在的我终于明白，所谓的命运不过是生命中那些无能为力的事。你的出生，你的遭遇，甚至包括童年性格的形成，我们所拥有的以及不断培养的，不过是那一点点意识罢了。每个生命，从出生到死亡，意识从无到有，有多少思想、多少观念是命运强加于我们的？又有多少是我们思考创造的？此生，若是意识无法觉醒，我们也将终生受尽命运的摆弄。

图书在版编目（CIP）数据

酣梦流年 / 一心著 . —天津：天津人民出版社，
2020.10
ISBN 978-7-201-16297-3

Ⅰ. ①酣… Ⅱ. ①一… Ⅲ. ①长篇小说 - 中国 - 当代
Ⅳ. ① I247.5

中国版本图书馆 CIP 数据核字（2020）第 131309 号

酣梦流年

HANMENG LIUNIAN

一心 著

出　　版　天津人民出版社
出 版 人　刘 庆
地　　址　天津市和平区西康路 35 号康岳大厦
邮政编码　300051
邮购电话　（022）23332469
网　　址　http://www.tjrmcbs.com
电子信箱　reader@tjrmcbs.com

责任编辑　谢仁林
装帧设计　马佳

制版印刷　天津雅泽印刷有限公司
经　　销　新华书店
开　　本　710 毫米 ×1000 毫米　1/16
印　　张　14
字　　数　134 千字
版次印次　2020 年 10 月第 1 版　2020 年 10 月第 1 次印刷
定　　价　48.00 元